回頭好難

錯失了的跨代對話

呂大樂 著

OXFORD
UNIVERSITY PRESS

牛津大學出版社隸屬牛津大學，以環球出版為志業，
弘揚大學卓於研究、博於學術、篤於教育的優良傳統
Oxford 為牛津大學出版社於英國及特定國家的註冊商標

牛津大學出版社（中國）有限公司出版
香港九龍灣宏遠街 1 號一號九龍 39 樓

ISBN: 978-988-245-587-0

10 9 8 7 6 5 4 3 2 1

牛津大學出版社在本出版物中善意提供的第三方網站連結僅供參考，
敝社不就網站內容承擔任何責任。

Published & Printed in Hong Kong

書　名　　回頭好難：錯失了的跨代對話
作　者　　呂大樂
版　次　　2024 年第一版

目錄

導言

不是關於第五、第六代香港人 [1]

舊事重提

我相信大部分作者都跟我一樣，對重讀自己所寫過的書稿，多多少少有種抗拒。最重要的一點是，悶。明明早已看過、讀過不止一遍，那麼文字肯定就再沒有甚麼新意。書稿早已完成，並且已做過編輯、校對、修改的工作，到了還要再翻一遍的時候，我自己就經常會缺乏集中力，讀了等於未有重讀。我給自己的藉口，是作者應該是最差的校對員。或者也就是這個原因，其實已經差不多二十年未有翻開過《四代香港人》。上一次拿出來很快的翻看一次，是因為當時原出版社準備加印，負責人叮囑若有需要修改，那是一次機會。那應該是十八、十九年前的事情。

今天，因為這本書的出版，於是較為認真的重讀一遍。頗感意外的，是原來自己基本上沒有怎樣系統地從世代分析（如參考及引用 Karl Mannheim 的著作）、生命歷程（life course）分析去討論四代人的經歷與取向。究其原因，書中的四篇文章，是以第二代人（「戰後嬰兒」）為中心，而最想凸顯的是第一代人那低調但十分重要的

---

1 本書內容包括重印《四代香港人》，在此感謝進一步多媒體當年編輯及出版該書。而在製作本書過程中，感謝兩位編輯提供意見及從旁協助。書內大部分內容之前曾在本地報刊發表，本人略加修訂，在個別段落有所修改，但基本意思沒有太大改變。

角色。對第三代人的描寫，很大程度上是建立在與「戰後嬰兒」的對比，通過比較來說明那一代人的處境。而關於第四代，其實更多談論的是當「戰後嬰兒」成為父母之後，他們怎樣塑造子女一代人的成長經驗。現在重新把這本小書翻一次，覺得當時自己只是運用世代作為引子，來討論和分析戰後香港六十年。所以，如果讀者是抱著對不同世代的經歷、集體性格感到好奇的心情來讀《四代香港人》，那他們應該感到失望才對。但這本小書卻翻印了超過二十次，似乎又頗為受落。現在，我的腦海浮現了很多個問號。

《四代香港人》是本來在《明報》「星期日生活」副刊專欄連續四星期刊登的四篇短文，後應「進一步多媒體」邀請參與其十周年出版計劃，擴充、改寫而成的小書。當初在《明報》發表時，文章是以筆名撰寫，刊登日期大概在2004年9月至10月間。在我的記憶中，文章刊登後，沒有甚麼回響。究竟讀者有無意見，我都不太清楚。之所以重新整理供「進一步多媒體」出版成書，是意外多於早有計劃。出版社打算以「一步十年」為主題，出版十本小書，結集成為一套「套裝書」（不過，以套裝形式出版則到最後未有成事），而我一早答應參與，到期便需要交出書稿。可是，到了接近2007年（即出版社創辦十年）的時候，我仍想不出題材，在不知如何是好的情況下，想起既然在《明報》發表過的文章已有一萬多字，將它們改寫成為二、三萬字篇幅的書稿，應該相對容易，遂產生了撰寫《四代香港人》的念頭。小書正式出版的日期是2007年年中。

重提舊事的目的，是想指出——至少我個人相信——書籍有它們的生命和遭遇；有時候，是一本書遇上了它的讀者。

就《四代香港人》而言，在某個意義上，是讀者自己豐富了世代想像，而不是我對世代作出了系統的分析。現在回看，情況似乎是讀者在心底感覺到世代之間的差異已經愈來愈明顯，舊有的集體經驗、生活秩序、個人發展的路徑，已經不再可能繼續反覆重造。而在代與代之間，彼此都開始覺得，不能以個人的經驗或價值觀來瞭解對方。更直接的說，是彼此都覺得對方難以理解，甚至認為是莫名其妙，又或者是有點看不順眼。這不限於年長一方對年輕一方有此感覺，年輕人也開始覺得年長的人自以為是，有時更因為抱殘守缺，成為了一種阻礙。不過，無論是年長的還是年輕的，當初誰也沒有拋出一套對未來的新想像。於是，儘管多數讀者未必有想過世代或相關的概念，世代的討論卻似乎給予他們一個可以表達那尚未清楚、整理好的想法的議論空間，各自按照自己的感覺、看法來豐富相關的內容。

我的解讀是，當時的香港社會正處於一個舊的快將被取代，可是新的卻尚未形成的狀態。大家心底裡有種不確定的感覺，因為很多事情都變得難以掌握而產生焦慮。可是，又無法準確地、肯定地說出究竟出了甚麼問題。日常的生活狀況還未有很明顯的轉變，可是大部分人心裡沒有底，覺得不自在。究竟應該怎樣做？可以做些甚麼？應該追尋怎樣的一個未來？大家都沒有答案。

2003年是很特別的一年，香港人面對「沙士」來襲，表現出一種多年未見的團結。那份團結源於危機當前大家同心協力，渡過難關。在市民眼中，香港的某些制度元素（例如專業主義）能幫助社會克服困難。而在面對一個無法完全掌握和控制的未來，那些非筆墨所能形容的制度韌性，似乎可以產生一定的保護作用。不

過，克服「沙士」疫情的同時，又有感香港社會在很多方面都存在問題。究竟是哪些問題最為困擾，對不同背景的市民來說，可能各有不同。因基本法第23條立法而產生的衝突，成為了焦點，把各種情緒、不滿、不安、憤怒等等凝結起來，並且引爆了種種潛在的矛盾。這裡所講的社會矛盾，我相信不可能簡單地歸納為某個單一的種類、來源。對不同的人而言，各有不一樣的牽掛。有的關心政治，有的關心民生，也有的覺得整個社會好像失去了某些東西，不過具體是些甚麼，又好像難以表達。然而不安、不滿的多元化的來源，卻無阻群眾以集體行動的方式來表達社會的普遍情緒。從某個角度來看，矛盾的爆發給香港社會注入了新的動力；但從另一個角度來考慮，則經過這個爆發過程之後，整個社會未有做好事後的管理工作，將釋放出來的社會能量轉化為可控的、有秩序地發展的制度建設動力。

現在從事後看來，上面所講的狀況，並非香港社會上任何一個界別的人士所能預見的。由2003年到今天，已經二十多年了，中間的發展頗為曲折，而且超出了大部分——如果不是所有——人的想像。而在發展的過程之中，某一種主張、訴求提出來之後，很快便被另一種強烈意見所取代。風高浪急，很多時候連略為冷靜下來，稍作沉澱的機會也沒有。由這些不同的，有時甚至是對立的主張、意見、訴求相互撞擊所形成的公眾論述環境，充滿變數之餘，往往又是急不及待，在短時間之內匆匆由新的一套否定舊的一套。

在這個相互撞擊的過程中，無可避免地會出現一種對舊時代、舊社會秩序、舊文化幾乎是全盤否定的主張、做法。相似情況歷來皆是，新一代對舊秩序、舊有的思想框框顯得不耐煩，乃常見現

象。第二代人成長於香港經濟急速發展的時期，儘管並非人人均能夠找到向上流動的機會，但大部分都接受所謂的「中環價值」，即經濟發展優先，從經濟效益的角度考慮問題。可是，當延續「中環價值」的社會制度條件已發生了變化之後，無可避免地有年輕人會對現狀提出疑問。屬第二代的「戰後嬰兒」不但未有及早察覺另一種意見、另一種價值觀、另一種回應的態度正在形成，反之依舊相信現有體制大致運作良好，這在事後看來，是反應遲鈍、後知後覺。究竟當時可以做些甚麼？應該做些甚麼？今天再想這個問題，已是「事後孔明」了。不過，誰也沒法想到的是，再過幾年，轉變來得更急更快，而且很快便難以控制了。

如果2003年至2008、2009年是一個段落，它可能是最有世代衝突色彩的一個時期。這邊廂，「戰後嬰兒」世代感到內地經濟春光無限，機會處處，在整個經濟體系迅速增長的過程中，只怕香港錯失良機，被邊緣化；那邊廂，正在反思「唯經濟發展主義」的「中環價值」的意義，思索「後物質主義」、復耕、反全球化、保育的出路。「八十後」被視為另一類的選擇與可能性。或者新的尚未轉變為一種氣候，舊的肯定已受到挑戰。由「戰後嬰兒」世代所撐起的主流價值觀仍然處於主導的位置，但它已經不再是理所當然的、毫無疑問的共識了。

與此同時，香港的政壇逐步走向碎片化。有趣的是，這個內部分裂的現象集中在民主派的陣營。而這對整個公眾議論領域造成了重大的衝擊，雖然當時的情況還未至於走向極端，但強烈的意見、姿態、主張明顯地變得愈來愈有市場。而更重要的是，誰也沒有想到，接續下來的是一個全新的環境、局面。

智能電話的出現（2007年）是一個影響深遠的轉變，更重要的是社交媒體的普及化。或者整個社會、文化環境的改變並不可以單憑科技革新所解釋過去，不過我們不得不承認，新的媒體及其文化的形成，不但改變了溝通的方式，而且也創造了新的社會參與——由發表意見到介入社會事件、參與各種社會動員——的可能性。當然，更重要的是，社會上積存了不滿、怨憤，到了某個臨界點便爆發出來。

　　2009、2010年是重大的轉折點，「八十後」的社會議程很快便被一股強大的民粹意識所掩蓋，由一種排外的情緒所取代。舊有的秩序、制度迅速陷於一種半崩潰的狀態：舊有的抗爭主張、想法、方法、手段統統被形容為早已走到盡頭，沒有出路，如果要有真正的改變的話，顛覆（或者應該說是將舊有的顛倒過來）才可能有所突破。當然，我明白很多人會認為，各種強烈的反應源自於一份反抗的動力，逼不得已。可是，反抗本身並不應該是「做甚麼都沒有所謂」的藉口。當整個社會彌漫著民粹色彩的集體情緒時，沒有太多人會有興趣討論，究竟大家正在朝著哪個方向去尋求解決問題的答案。又或者有人會認為這是一個將種種課題全面開放，毫無約束的探索過程。同時，也正是因為這個背景，才會促使各種不一定很成熟的主張、行動、建議爆發出來。嚴格而言，這些主張、想法並不是完整的意識形態，更多的是從挑戰建制開始，「邊走邊射」式、隨機應變的論述。

　　有人欣賞這份自發性，也有人批評這是衝動、激動多於激進。沒有領袖既是起點也是終點。而新的資訊科技進一步鞏固了這種強

調當下的意識、思想狀態。現在變得比將來重要。

世代論？

在過去的二十年裡，有人批評《四代香港人》和它所代表的「世代論」，當中不少評論覺得書中對第四代人的描述頗有問題——其中最容易凝聚的一種意見，是作者以「戰後嬰兒」世代的價值、心態來看待更為年輕的那兩代人。而沿著這樣的思路發展出來的批評，一種意見是覺得基於「戰後嬰兒」世代的思考框架，年輕一代人更為多元、複雜的關懷，被曲解「未能成功『上位』」(即所謂的「上位論」)，錯誤理解年輕人的不滿。而另一種意見則認為，把問題簡單地還原為世代之間的差異，而不是直視階級、性別等方面的矛盾和衝突，既錯誤解讀問題的核心，同時也有誤導之嫌，表面上宣稱世代衝突一觸即發，但實際上卻未有正面面對社會上的根本問題。所以，在書籍出版之後不多久，參與討論的評論人對於使用哪一個名詞，慢慢便變得很小心了。使用「第幾代人」？還是採用「八十後」、「九十後」？不同的用語各有分析上的和政治立場上的含意。被概括地歸納為「世代論」的《四代香港人》，似乎在提出了代與代之間的差異和矛盾之後，並未有進一步回應年輕人的訴求。當然，這很大程度上跟 2004 年前後的認知有關，而書籍的內容基本上也是基於當時香港社會的問題意識而書寫出來。在此我必須承認，我在 2004 年前後更關心的是，十多廿歲的年輕人在一個以兒童和青年為中心的環境裡，諷刺地反而未能像他們的父母——即「戰後嬰兒」一代——那樣自由和暢快地成長。

如果讀者意識到上面所講，或者就會明白我在前面提及的，其實我在《四代香港人》裡對第四代人的面貌著墨甚少，那一章的內容像我另一本書《誰說家長一定是好人》（於2002年出版初版，後來修訂補充成為《家長焦慮症》，2013年年中出版）的伸延，較多描繪1976至1990年出生的一代。這在一定程度上，是貨不對版。如果《四代香港人》代表或推動「世代論」，它的問題應該是作者似乎一直未有入題：重大事件如2003年的「沙士」、「七一大遊行」對當時十多二十歲的年輕人造成了怎樣的衝擊？對他們的價值觀產生甚麼影響？而在該書完成印刷出版之前，保衛天星碼頭鐘樓的社會行動正進行得如火如荼，這些在「後記」亦只是輕輕被提及而已。對於種種新興的訴求，當時我還以為都是2003年的社會政治變化的延續，斷未有想到，那幾年所見到的，原來也只不過是過渡性的現象，而如前面所講，一個更大、更影響深遠的浪潮，即將衝擊整個社會。

曾經有很多讀者當面問我：為甚麼不繼續寫第五代人？第五代、第六代人的精神面貌有何特徵？我沒有答案、未有回應的原因很簡單，就是我真的不知道。我開始意識到似乎一股躁動情緒正在形成，並且逐漸在社會層面上表現出來，那恐怕已經是2009、2010年前後的事情。嚴格來說，是後知後覺。而就算勉強說當時已有所意識，也只是相當表面、膚淺，缺乏深入瞭解，還未意識到情況不單只是張力持續、矛盾加深，而是慢慢演變為社會撕裂，並且造成不同的意見走向對立，不要說和解，連對話都變得愈來愈困難。

將2009、2010年及以後出現的種種社會、政治、文化現象還原為某一種問題所帶來的結果——無論是代與代之間的分歧，或者社

會流動渠道堵塞以至新一代感到挫敗，政治訴求未能滿足——均會犯上以偏概全的毛病。那不是說代與代之間不存在矛盾，而是問題並非單純是單一層面、單一面向；也不是說社會經濟結構能夠給予年輕一代穩步向前的方向感，而是香港社會又未至於一下子便淪為一個「下流社會」，令新一代覺得前路茫茫，生活沒有出路；同時亦不是說政治議題上的分歧毫無意義，而是政治並不是由始至終都是焦點所在。問題的根源並不是單一的，而且哪一類問題才是主題，其實一直在變。到後來「攬炒」(即使兩敗俱傷，亦不惜一切) 可以成為一種動員群眾的口號，基本上已不再是關於哪種社會矛盾令人躁動不安，而是哪一種情緒牽動著集體行動。

而事到如今，已不是要向哪一批人、哪一代人追究責任，而是需要好好的重新思考一下，並且重新總結，究竟我們——整個香港社會、社會各界——在過去二十年裡，做錯了甚麼？做對了甚麼？失去了甚麼？得到了甚麼？錯失了甚麼？未有做妥的是甚麼？

這個社會需要沉思，這樣才可以正面的面對第五代、第六代、第七代。

第一部分 | 四代人 [1]

　　表面上，世代之間相安無事。其實，世代之爭即將爆發。安分的第一代人陸續退下舞台，已經開始長出銀髮的「戰後嬰兒」反而毫無倦意，繼續指指點點。內地、台灣的三十世代意氣風發，香港的卻感到出頭無期，生活艱難。至於第四代人，他們打從開始便是輸家。

....

1　本部分內容曾於 2004 年 9 月 26 日至 10 月 17 日期間連續四星期在《明報》「星期日生活」副刊專欄發表。後來改寫成書，於 2007 年 6 月出版。

1

香港，有四代人。

我屬於五年八班（即 1958 年），是戰後嬰兒潮（1946 至 1965 年間出生的小孩）的一分子。排在「戰後嬰兒」隊伍後面的，是 1966 至 1975 年間出生的一代，他們沒有怎樣經歷過所謂的「麥理浩時代」之前的英國殖民管治時代，青年時期遇上了香港前途談判，讀大學或踏足社會前後剛好遇上八九「天安門事件」。至於現處身隊尾的，主要是「戰後嬰兒」的下一代（1976 至 1990 年誕生），或者也因為這個原因，他們的生活一直受到「戰後嬰兒」那一代人所支配。

那誰是第一代？

我的父母是第一代人。雖然他們並不是在香港出生，卻（始料不及地）在這地方待了大半生，見證這社會從戰後重光到走上工業化，再而踏上小康道路的歷程。

他們沉默、低調，有時（或應說是經常）十分固執；戰爭經驗——走難——對他們的生活態度有深刻的影響。

以前很多人討論香港社會與文化發展時，都沒有把這批二、三年級（在上世紀二、三十年代出生，年輕時經歷戰亂的一代）算進去，其實是認識上的一種偏差。事實上，正因為他們不是土生土長的香港人，更因為他們早年仍然盼望有回鄉的一日，在有意識與無意識之間將自己熟悉的一套也帶到香港來了。在我成長的過程中，雖然連一張老照片也未看過，但廣州、上海的生活文化是經常引用的標準。在日常生活交談中，常常會提到省城（即廣州）。省城的茶樓、點心，以至生活上的種種細節，都成為衡量現實生活的好與壞、優與劣的準則。對當時未曾到過廣州的我而言，省城曾經是想

像中的「中心」——在那遙遠的地方，有很多比自己眼前所見的更細緻、更雅、更講究的東西。又因為兒時家住北角，聽過很多有關上海的傳說、故事。於是，上海也成為了我想像中的另一個「中心」。在成年人的口中，上海是代表質素的形容詞——甚至是省城也未能達到的水平。至於為甚麼屋邨樓下地舖的上海理髮師的服務不曾令我感到滿意，則屬於個別例子，沒有代表性。當時老一輩是這樣解釋的。

當然，戰前的香港社會在各個方面都絕非一片空白。論獨特的生活方式，早於上世紀初已初露一個輪廓（所以，嚴格來說，六七十年代的本地化是第二次本地化過程）。不過，反過來說，長期以來，由於粵港澳三地聯繫密切，將香港社會抽離於整個區域環境，肯定會低估了地方相互連繫的影響，在理解上亦一樣會有欠全面。而這第一代人就是一種聯繫，將內地的與香港的、舊的與新的串連起來。今天，在第一代人因步入晚年而陸續離去之際，其實好應該有人為他們做些紀錄。

在我成長的過程中，中日戰爭、第二次世界大戰、戰亂、逃難是另一組不斷在日常生活之中浮現的概念和集體經驗。小時候，「戰前—戰後」是一個斷代的重要概念。在上一輩口中，有沒有經歷過戰爭，決定了一個人有沒有真正的艱苦經歷。或者也就是這個原因，兒時每天總會聽到長輩批評我們新一代人身在福中不知福，生活態度懶散，若爆發戰爭，恐怕連基本生存的能力也缺乏。沒有能力和準備去應付戰亂，是他們眼中我們那一代人的一個大問題。對他們來說，和平並不是理所當然的，而戰亂隨時可以降臨。他們所講的，並不只是生活無常，而是每天都要有面對最壞情況的打

算，時常要做好準備。小時候總覺得祖父母及父母那一輩人有點神經質，好像有種戰爭妄想的心理病。在我和周邊朋友的生活經驗裡，戰爭只是電影題材或模型玩具的題材。

對我這類「戰後嬰兒」來說，戰亂、走難確實都不是第一身的經驗，而是祖父、祖母、爸媽的經歷與回憶。每年炎夏，我爸喜歡在屋邨走廊向乘涼的小孩子講故事。「人肉大包」是他的拿手好戲，而他也一廂情願地以為這故事百聽不厭。沒有別的地方好去的小孩邊聽邊玩猜拳，就是這樣我們這些屋邨小孩聽過好幾位大叔講過好幾十個民間故事。抽起了那些恐怖、嚇人的情節，所有故事的背景都是難民的所見所聞。包括我爸爸在內，這些屋邨大叔都不是戰爭英雄。在他們口中，抗日似乎主要是消極抵抗。

但無論在戰爭中有沒有擔任甚麼角色也好，能存活到最後迎來勝利也是得來不易。戰時動盪不安，嘗盡人間悲歡離合，喜怒哀樂。而戰後的情況更是困難重重。在國家層面上，抗戰勝利不久之後，又陷於一場內戰。在個人層面上，戰後家人團圓，重新生活，但搵食艱難，物資匱乏。我總覺得，那一代人在生活上的一切（一個面向是節儉、刻苦、不浪費、量入為出、認真、腳踏實地、做事親力親為、守時、把希望寄託在兒女身上等，另一面向則是固執、過分緊張、重男輕女、孤寒、害怕開罪權貴、忍氣吞聲等），都是來自他們逃避戰亂、在逆境中求存的經驗。

因為曾經在逆境中求存，他們對「擁有」持一種很有趣的態度。

一般而言，要說服他們不要事事為兒為女，應該自己好好享受一下，是一件相當困難的工作。用盡九牛二虎之力，費盡唇舌，最

多只可能得到他們那些永不兌現的口頭承諾，轉過頭來，他們又一切依舊，繼續克勤克儉地生活，總是以家人的利益、需要為先，把自己的考慮放在第二位。

對他們來說，家庭是生活的中心點，大部分事情都是圍繞著家庭而發生。甚麼事情都由家庭出發，以家庭為終點。家庭凌駕於一切之上（也因此「以家庭之名」可以是一種束縛、男女不平等的源頭）。

從某個角度來看，第一代人總是為明天的生活而憂。個人享受似乎從來不在他們的議程之上。「戰後嬰兒」會擔心自己的退休生活，害怕沒有入息之後生活水平下降。第一代人則到了自己生命的盡頭，還在想能否將那一塊錢省下來。他們不只是相信而且還實踐簡單的生活。曾幾何時，他們也應該發過「頭獎馬票白日夢」，希望可以嘆世界。不過，發過白日夢之後，他們又回到現實生活，安安分分的繼續生活。父親離世前跟我講的最後一番話：「我沒有給你們留下遺產的本事，但能遵照你祖父的教訓，沒有欠下一身債。」這表面上是「簡單任務」，但對於在亂世中長大的第一代人來說，這已經十分不簡單了。對戰後一無所有的第一代人來說，由無到有，能成立家庭，能安頓下來，本身就很不簡單。而在生命結束之前還在想，不希望自己會給兒女添麻煩，這樣的責任其實很重。

他們經常說的一句話：「我唔想你好似我咁辛苦！」（我不希望你像我一樣那麼辛苦！）他們想下一代擺脫辛苦賺錢（要人求事，手停口停）的生涯。這就是他們要求我們努力讀書的理由。這也是他們無論生活多艱苦，也要為子女提供出頭機會的動力。

至於何謂出頭，他們的定義比較寬鬆。「讀得書」不一定指上大學，事業有成不一定大富大貴。對經歷過戰亂的第一代人而言，這個世界可以很簡單。

他們有期望。但也安分。

我曾經以為自己父母的那一代人都只不過因為終日為口奔馳而沒有時間看得我們很緊。我以為我們那些在屋邨裡自由快活地長大的一代，之所以自由是因為父母管不到，而不是他們開明、通情達理。

現在，重新思考這個問題，我相信只說對了一半。第一代人有他們保守、專制、不懂（未想過需要）溝通的一面，這是肯定的。但另一半其實是他們比後來任何一代人都能忍。

如果不是父親舊事重提，我根本不知道原來有些我們成長階段的芝麻小事，他一直沒有忘記，而且還記得很詳盡。我曾開玩笑的說他應該寫出一張清單，而他也幽默的回答：那要先準備好紙、筆、墨！

他看在眼裡，看不順眼，但也忍下來了。他可以立即將那些看不過眼的東西叫停，可是卻沒有選擇這樣做。如他所言，對於「後生仔」，可以多一點忍耐便忍耐一下。

當他們說未來屬於下一代人時，應該是認真的，也是真心的。他們也沒有為所謂的未來設下太多規限。或者對他們來說，（以整個社會而言，或在個人、家庭的層面上）能夠從戰亂中恢復過來，已經是一大進步；毋須因為戰爭或政治運動而顛沛流離，能找到安居樂業之所，已是幸福的人生（至少有幸福的機會）。

如果他們曾經想過要規劃未來，那大概就是想辦法給「後生仔」提供機會，推他們一把。有了一個新環境，自然會有新的機會，成敗就視乎年輕一代人自己了。你可以批評他們想得不夠長遠，沒有規劃意識，對未來抱著近乎幼稚的樂觀態度，但絕不能說他們沒有危機意識。經歷過戰亂、政治運動的他們，比往後任何一代人更明白外在的環境可以怎樣支配個人的人生、際遇。

他們似乎專注於為下一代創造條件。第一代人經常掛在口邊：給他們見識世面的機會。他們想盡辦法去製造這樣的機會。

我的父母甚至有這樣的一套理論：給我們見過好的、優質的、精緻的東西，將來便會有追求好的生活的動力。他們認為享受上茶樓不在乎次數、食量；要上茶樓，就上最好的（但不一定是最貴的）一間。質素的問題沒有妥協的空間。

第一代人相信，「後生仔」會為一個更好的未來而努力。給他們機會、空間，推一把，激發動力，便足夠了。前人沒有必要為後人打點一切。

我相信，他們比我們想像中更懂得放開。

「戰後嬰兒」那一代人能夠在六、七十年代裡反叛一下，打band、唱歐西流行曲、開黑燈舞會、穿迷你裙、一身嬉皮打扮、搞學生運動、結社、出版刊物、上街請願……享受了過去幾十年香港社會最開放，最多元聲音的自由環境，其實是在第一代人情願或不情願地容忍與接受的情況底下進行的。

換句話說，他們放我們一馬，給我們第二次、第三次、第四次……機會。

現在回頭再看，當年的年輕人所享受的生活空間，可能連今天已屆中年的「戰後嬰兒」自己也覺得難以接受。那時候天空海闊，很多事情都能夠以嘗試新鮮事物之名，一次又一次的「偷雞」。那時候，只要打著「新」這個「招牌」，萬事好商量，很多事情都會多留幾分空間。

第一代人不一定接受新生事物（我從不覺得他們很有好奇心），但他們都能忍住，沒有給我們造成太大的阻力。至少在表面上，他們對不歡喜的事與物若無其事，會多一點容忍。

他們一定也曾搖頭嘆息，慨嘆世風日下，在我們耳邊唉聲嘆氣。但是他們的不安、不滿沒有怎樣演變為很有力量的行動，而下一代人似乎也沒有因為他們的意見而錯失了很多機會。簡單一句，他們沒有大動作。

當然，也可以說第一代人鬥不過他們子女的那代。他們會罵人，但少有由責罵轉變為一套認真的、自圓其說的道理，繼而以所謂的道理迫人就犯。可是，我始終相信，這裡面有他們手下留情的因素。蠻不講理也可以是一種方法，只是他們沒有選擇這樣做。個別的第一代人可能很野蠻，不過作為一個集體，他們比想像中更有耐性。

第一代人不多言。他們有怕事的一面（閒事莫理是他們經常掛在口邊的一句話），也有能捱的另一面。在捱這個問題上，他們絕對是專家，只是沒有將他們的經驗變為一套大道理，講甚麼逆境求生、抗逆能力之類的說話而已。有時候，我自己也無從想像，究竟他們在戰後的第一個十年或十五年是怎樣生活？是怎樣保持對未

來的信心？他們在艱難的環境裡（當然，相對於戰亂，那已是太平安定的日子了）結婚、生兒育女，其實有沒有想過往後的日子怎樣過？在經濟、政治方面都毫無確定性、安全感（戰爭仍是潛伏危機）的環境裡，怎樣可以抬起頭來面向未來？

他們對未來生活的信心從何而來？難道他們沒有試過擔憂前路茫茫，不知如何是好嗎？

他們的樂觀本身就是一種逃避嗎？

父親曾給我這樣的答案：「當你經歷過更容易令人感到悲觀的環境後，你會懂得在任何情況之下都保持希望。你們這一代，其實沒有資格悲觀。」

第一代人有我們其他幾代人所缺乏的一份平常心。

「不要相信三十歲以上的人！」這是六、七十年代期間「戰後嬰兒」經常掛在口邊的一句話。但到了「戰後嬰兒」踏入三十歲之後，他們卻覺得只有卅歲或以上的人才可信。

同樣，曾幾何時，年輕的「戰後嬰兒」認為三十歲之前不讀馬克思（或任何其他激進思潮）的人，缺乏激情、不夠浪漫、難成大器。當年過三十之後，他們卻認為幾十歲人依然激進，則代表沒有長大，不夠成熟。

「戰後嬰兒」是很奇怪的一代人：批評別人沒有長大的是他們這一代，而實際上沒有真正長大的也可能就是他們的一代。不過，儘管他們也許未有真正長大過，但現實卻是這一代人擁有支配的地位與能力。

「戰後嬰兒」自相矛盾。但「戰後嬰兒」一代人的問題又不是在於自相矛盾，以今日的我打倒昨日的我（人總會變，也需要變，這可以理解），而是他們經常自覺或不自覺的以自我為中心，而且還要自以為是，有種指點江山的傲慢。近年，他們老了，隨之也多多少少添了一份自覺，承認自己傲慢。不過，不要誤會，這種反省不是認錯。「戰後嬰兒」一代人還是一貫的自以為是，以很自以為是的態度自我檢討。

幸運地或不幸地，在「戰後嬰兒」一代人成長期間的社會環境裡，又確實存在產生和容許這種自我中心的心態的條件——只要這些「戰後嬰兒」有興趣跟同代人對話，那他們的話題、興趣便足以形成一種勢力——至少是一種市場的需要（而它的容量頗有生意上的苗頭）。

那是一種橫切面的社會觀念。向同輩看一看。他們的同輩就是
critical mass。

「戰後嬰兒」一代人共通的經驗有三點。第一點是他們人數眾
多:「戰後嬰兒」本身就是人口高增長時期的社會產品。

在 1966 年,年齡在十九歲或以下的青年,佔當時香港總人口
的 50.5%。他們成長於一個青少年佔整個社會人口結構中的大多數
的環境,他們就是社會的焦點。他們的問題也就是整個社會的關
注點。

他們年輕時,整個社會要面對年輕人的反叛文化。社會既害怕
年輕一代(自此以後,社會人士面對青少年問題時產生的「道德恐
慌」,只在不同時期有程度上的差異,恐慌——飛仔、油脂仔都很
可怕——是肯定的了),但又視他們為社會未來的新興力量。他們
是免於戰火的一代,在和平的環境底下學懂新的知識、新的科技。
未來的世界將不會是舊的秩序的延續,新而美好的世界將會來臨。
青年人是未來的希望。

到他們踏入中年,頭上長出銀髮,皮膚和肌肉都鬆弛之後,整
個社會便緊隨其後而將衰老的問題重新定義為保健、keep fit,把問
題年輕化、普遍化。現在,人人都在談健康食品、進補、抗衰老。
以前,抗老是不肯面對現實的表現;今天,則是天經地義,全民關
注(連處於巔峰狀態的年輕人也要預防提早衰老)。

很討厭,「戰後嬰兒」的問題永遠是「我們的問題」。他們給整
個社會制訂議程,界定問題的焦點。

第二點是他們在一個擁擠的、競爭激烈的環境裡長大。「戰後嬰兒」成長於戰爭結束後物資匱乏的社會、經濟環境。他們的父母大多是戰後移民到香港的第一代人，來港之後組織家庭，生兒育女。當時家庭計劃尚未普及，女性就業機會亦不多。一般家庭主要靠男性外出工作賺錢，女性當家庭主婦，供養數名年幼的子女。「戰後嬰兒」必須與兄弟姊妹一起共用有限的家庭資源。更重要的是，當年社會上的資源亦十分短缺，要出人頭地，必須認真投入各種有關資源分配的競賽之中，而其中一項對個人前途影響深遠的競賽就是教育 (其實應該說是公開考試)。

所有「戰後嬰兒」都需要通過以淘汰考試為主導的教育制度的考驗。

在參與淘汰考試的過程中，他們 (尤其是成功通過考驗的那一批) 參透了兩大「人生哲理」。一是淘汰考試的過程是一場遊戲：它並不是個人學問、修養的測試，而是一次表演。它重形式多於內容，關鍵在於要懂得駕馭這個遊戲，懂得取分，不要給考試反過來支配自己，成為「考試奴」。二是儘管遊戲的內容與規則本身百般不是，但最重要的是成功通過測試，然後領取獎品。「戰後嬰兒」一代人最幸運的地方是，他們有領取獎品的機會 (當時社會、經濟處於上升軌道，不少機會在他們面前出現，而學歷、「沙紙」尚未貶值，在教育渠道所作投資，保證有一定的回報)。正因為這樣，他們較往後任何一代人都要投入這場遊戲。

可以肯定，淘汰式的競賽過程對他們產生深遠的影響：首先，他們真心相信 (甚至擁護) 競爭。對他們來説，競爭不只是一個過

程，更是一種意識形態。而同樣重要的是，他們在競爭的過程中發展出一種信念：勝者覺得自己所得到的一切都是憑個人實力和努力所爭取到手，都是應得的，在他們的主觀世界裡，優勝劣敗，誰都沒有欠了誰；至於失敗者也作出總結，絕不容許自己的子女重蹈覆轍，決心要把下一代「武裝起來」，結果把他們自己曾經痛恨的淘汰、「填鴨」制度推向一個更極端的方向，把今天我們的教育制度變得愈來愈瘋狂。有趣的是，連那些沒有富起來的「戰後嬰兒」，也竟然會相信淘汰賽的勝利者那一套，覺得競爭乃天經地義，理所當然，對此沒有半點懷疑。在香港，經「戰後嬰兒」將森林定律發揚光大，競爭被奉為人人均需要服從的鐵律。到他們掌握權力，進行改革的時候，捧出來的就是以提高競爭力為最終目標：為競爭而競爭是硬道理。

第三點是他們曾經是上一代人既害怕但又把未來的希望全盤託付的對象。1966年九龍騷動、青年潮流文化的來臨、學生運動等都給第一代人殺個措手不及。雖然並不是每一個「戰後嬰兒」都反叛、挑戰權威，但一代新人趁香港社會、經濟急步發展而快速「上位」，迫得第一代人在七十年代便不得不接受世代更替來臨這個現實。「戰後嬰兒」年少有成，容易造成自我膨脹，有一種捨我其誰的心態。從好的角度來看，這是敢於承擔；但在另一個角度看來，則往往是自以為一貫正確，是典型的「先鋒黨」人格。

有趣的是，無論保守的或激進的「戰後嬰兒」都有「先鋒黨」人格的一面。他們的意見不同，但往往抱著同一種態度——認為眾人皆醉，覺得異己跟不上他們的主張，落後於形勢。以前他們認為當前急務捨我其誰，現在他們一天到晚掛在口邊「未能放心將工作交

下」。連曾經反傳統的，今天都開始講傳承。

這種「先鋒黨病」以四、五字頭（他們在上世紀四十年代中後期至五十年代初出生）的「戰後嬰兒」最為嚴重。「戰後嬰兒」的「尾班車」分子開始計劃退休，但老大們卻擔心太早退休，造成青黃不接，考慮如何撐下去，繼續「發光發熱」。

在戰後成長的幾代人當中，「戰後嬰兒」算是生得逢時。在人口結構方面，他們的上一代人因為戰爭的關係而人口數量較少。更重要的是，他們踏足社會之時，遇上經濟急速發展，而且產業結構逐步轉型。結構轉型而帶來中上層位置的高速增長，形成了一股向上流動的力量。機會就在眼前，而且整個社會求才若渴，需要大量年輕的、懂得新知識的生力軍接上去。

當時香港社會朝氣蓬勃，有著一份容許市民大眾各自尋夢的動力。有人覺得自己學會一門技術，只要肯做、肯加班、手快腳快，應可在仍在擴展的製造業行頭裡賺得安樂茶飯。有人希望自己的兒女可以脫離藍領，一改手停口停的生涯，成為文職人員，過較穩定的生活。亦有人要求更高，想做經理、專業人士。上世紀七十年代全面擴張的香港經濟讓不同階層都有各顯神通的機會。市民自七十年代中期開始感覺良好，不是因為人人可以白手興家、創業致富或晉身專業、管理人員的位置，而是社會上有多種可能性，滿足不同的期望。安分亦可以過好的日子。雖然到最後未必全都是喜劇收場，但見到鄰居、親戚、朋友有所發展，也就不敢埋怨社會沒有提供機會。

今時今日「戰後嬰兒」所謂的「獅子山下精神」，表面上是當年

人人進取，努力奮鬥，但其實更重要的是大環境讓人相信努力過後就有機會享受成果。經濟及社會結構的急速轉變營造了一種開放的氣氛。

我從不否定「戰後嬰兒」對這個社會的貢獻（當然，我也是「戰後嬰兒」的一分子，也難免會喜歡自我膨脹一下）。我們必須承認，他們從第一代人手上接過棒來，在技術上算是不負所托，成為了整個香港社會在工商業、政府部門、社會服務的專業、管理、行政核心。坦白說，「戰後嬰兒」願意付出，敢於接受挑戰，是應該肯定的。我更不會低估了「戰後嬰兒」在成長期間所面對的困難和激烈的競爭環境而鍛鍊出來的辦事能力。但是，快速的經濟發展與長期的順境，確實會令人選擇性地整理個人經歷，只記得自己力爭上游，而忘記了當時社會形勢是如何不斷地、大量地給他們製造機會。在「戰後嬰兒」的隊伍之中，有無數的人是 O Level、A Level 的重讀生，不知有多少律師、會計師是在大專、大學畢業以後才開始修讀專業課程，考上專業執照。大量「戰後嬰兒」都能享受當時香港社會給他們的第二次機會，在人生之中有多次「第二次」，有再進一步或翻身的可能。水鬼可以升城隍（這除了說明機會與運氣的存在之外，還表示大家都不計較個人的出身與背景），曾經是香港社會美好的一面。而在「戰後嬰兒」當中，自然有不少曾經都是水鬼。

現在，不少已晉身社會精英層的「戰後嬰兒」卻好像只記得競爭激烈的現實，而忘記了競爭過程中公平與公開的另一面。他們會強調競爭本身（因此一而再的強調提升競爭力），但卻忘記了競爭背後應該是要達至一個 meritocratic（精英政治）的制度。到「戰後嬰兒」有機會去改革教育時，目標講來講去就是提高競爭力（因此教育也

就不過是手段而已），meritocracy 一詞隻字不提。

他們會歌頌七十年代的香港社會和香港人，將那段歷史視為以個人奮鬥去建設經濟繁榮（也因此而覺得示威請願都是「搭便車」所為），卻記不起當年自己如何不滿殖民政府，認為市民要上街以行動來爭取權益。他們年輕時期也曾是性情中人，為了課外活動而廢寢忘餐，認為追求理想當仁不讓。到他們有機會引導下一代成長時，卻不斷的要求年輕人講實際：參加海外交流是為了提升語文能力，服務社會（意思是達到一定時數的社會服務活動參與）是因為這樣有助於加強個人履歷，大學生的暑期活動都是為畢業前找工作、入職的準備等等。

當年成長中的「戰後嬰兒」慨嘆無根、苦悶。現在，他們想了很多辦法去悶死下一代。

自己作為「戰後嬰兒」一代人，有時也會想：假如當年有《誰搬走了我的乳酪？》這類書籍出版，會流行暢銷嗎？當年「戰後嬰兒」們會怎樣閱讀這樣的一本書？踏入中年後向年輕人推介這本書的「戰後嬰兒」，曾經深信面對不合理的轉變時要集體反抗，逆來順受才是弱者所為。今天，「戰後嬰兒」一代人放棄了舊日的原則、想法，甚至將它們顛倒過來，說成新的做人處世的態度。

其實，「戰後嬰兒」一代人沒有（或應該說還未有）擔起他們的任務。他們成長於社會提供了很多機會的環境，並享受到各種成果。可是，他們未有真真正正的為下一代提供一個更開放、更公平的環境。第一代人給他們很多發展的空間，「戰後嬰兒」卻未有對年輕一代表現出同樣的包容。

戰後的「香港故事」裡重要的一章是寫「戰後嬰兒」一代人的成長。但他們真的有把這個故事的理念實現了嗎？

　　如果香港社會曾經有過一個夢，「戰後嬰兒」是這個夢的守護者嗎？

今日香港：三十不出頭。

當年港英政府取消「升中試」的時候，一些「戰後嬰兒」曾批評：the rise of 'mediocracy'，精英主義衰落，平庸主義抬頭。沒有考過「升中試」的「三十世代」從此成為了平庸的一代。[2] 談戰後不同世代誰屬精英，從來沒有「三十世代」的一份；論精英主義代表，也少有算到「三十世代」（我是指那批沒有特殊家庭背景和蔭庇的「三十世代」）。在某個意義上，他們是被忽略的一代人。他們的存在基本上還未算入香港當代歷史。

在香港，「三十世代」只在年前受到一陣子個別傳媒機構的注意。那是房地產市場低迷的時期，環顧香港社會，還有誰未有負上「負資產」的包袱，結果發現了「三十世代」（作為潛在的市場需求）。不多久，大家發現原來這是一廂情願的想法，是對「三十世代」的錯愛。有點積蓄的「三十世代」早已上車；而尚未上車的，一是沒有資金趁低吸納，二是財力有限，不足以挽救樓市。地產市道沒有因應發現「三十世代」而有所反彈，而傳媒對他們的興趣也就迅速地隨之消失了。

「三十世代」的購買力不足以左右大局：在人數上，他們沒有「戰後嬰兒」的量；在力度上，也沒有「戰後嬰兒」的強。這都是當年家庭計劃在港迅速普及所產生的社會效果，將「三十世代」與「戰後嬰兒」完全劃分開來。

「三十世代」平庸嗎？或者。（正如你問：「戰後嬰兒」有平庸的

2　本文寫於2004年，文中指的「三十世代」是1966至1975年間出生的人，時為三十至三十九歲。

嗎？我會答肯定。肯定有，還不一定是小數目）但他們肯定不是平庸主義代表。所有自命為過來人，相信自己有一定閱歷的，很難會對更年輕的下一代看得順眼；在他們眼中，更平庸的，陸續有來。但因為精英主義淡化，平庸主義逐漸抬頭的討論是由「三十世代」而起，他們在成長期間便遇上一股強而有力的輿論壓力——就算是本地大學的畢業生也不一定是精英分子。「非精英」這個概念從此普及。

於是，「戰後嬰兒」為了跟「三十世代」保持距離，拋出了「釀造年份」的概念：vintage HKU、vintage CU。要有精英分子的標籤，必須在八十年代那個年份之前於本地大學完成學業。（但據我從一些「三十世代」口中所知，某些「釀造年份」的「戰後嬰兒」也似乎——由他們的角度來看——特別討厭。）

「釀造年份」概念的出現源於區別的需要。「三十世代」的特點是他們大學畢業之年並未列入「佳釀」名單。

我對「三十世代」一直有一種很奇怪的感覺：我們「戰後嬰兒潮」的一代，似乎是虧待了「三十世代」。讀罷 SARS 後出版的《時代周刊》的「亞洲英雄專輯」，這種感覺變得更濃。

今天在亞洲不同地區，「三十世代」意氣風發，躊躇滿志。年屆三十，代表新世代、新意識、新視野。「三十世代」是一個概念，市場顧問視他們為宣傳推廣的對象。在那些地方的「三十世代」，已經上位，在各個界別一展拳腳，帶來創新與轉變。

就算在歐美國家，曾經遇上經濟不景氣、就業困難的 X－世代，亦早已擺脫了「戰後嬰兒一代」的支配，給自己一個定位，在

社會上佔了一個位置。

但在香港，除了少數人士之外，「三十世代」仍在遙望將來出頭的一日。這些少數分子可分兩類：一是富家子弟，由家人打本，並提供人脈網絡，不過在他們當中仍有人會自視和自稱「白手興家」；二是真正有實力者，人數不多，而且頂頭上司仍是「戰後嬰兒」。

無論是理論，還是現實，「三十世代」都難以擺脫「戰後嬰兒一代」。這是人口結構的問題，「戰後嬰兒」的確人數眾多，再者他們多數沒有準備在五十或五十五歲退休。自信心十足的「戰後嬰兒」不會輕易言退，他們最多只會退居二線，卻繼續積極參與。在「三十世代」圈子裡，他們心知肚明，「戰後嬰兒」真正退休之時，自己也差不多準備淡出了。「戰後嬰兒」的堅持，出於一份自信（捨我其誰！？）同時也源於一種計算。相對於第一代人，「戰後嬰兒」更能接受委曲求存。生於殖民管治的全盛時期，「戰後嬰兒」自幼便明白只要接受現存的遊戲規則，才有機會在建制裡取得回報。他們很清楚，很多事情不是不可以問，而是問個明白之後，也不會因此而得到些甚麼好處。「戰後嬰兒」是犬儒主義者，工具論信徒，奉行實用主義。只要摸透了遊戲規則，他們會知道如何從中取得好處。

相比之下，「三十世代」從來沒有機會完全學會並且隨心所欲地應用這套工具實用主義。

「三十世代」成長於富裕時代，直到自己或家人、朋友手上的物業變為「負資產」之前，他們未見過樓價停止上升。「三十世代」成長於高通脹時代，貨幣的價值與意義變得特別快。

但花無百日好，好景不常，舊的經濟發展模式會過時，而新的經濟環境不只帶來短期的波動，而且還有深遠的影響。在「三十世代」還未完全安頓之際，香港的經濟環境發生了根本的變化。在這個新環境裡，機會不是消失了，而是不再全面開放。進入職場的新一代發現隨著彈性僱傭模式的普及，僱傭機構的結構趨向扁平（而不是舊日的科層化），新增的經理、行政管理的職位買少見少（甚至出現過下跌），而專業職業雖然繼續有增長，但當中更多是輔助專業的位置。至於一般文職，亦在僱傭機構「瘦身」的情況下，增長放緩。他們不是沒有機會成為中產階級，而是經過一輪「瘦身」之後，薪酬減了，福利削了，升級階梯矮了，長遠事業發展這個概念變得不合時宜。新問題：成為中產階級又如何？

當然，還有世代之間的待遇差異。僱傭機構「瘦身」，集中於剛入職的新人。年前訪問了一批「三十世代」中產，談到這個問題，人人滿腹牢騷，不吐不快。已經「上岸」的「戰後嬰兒」一代人就算受到勞動市場變動的衝擊，始終仍有一些自我保護的能力。而他們成功自我保護，往往是建築在虧待新入職場的新一代的利益之上。向我傾訴的「三十世代」表示，新的合約制、起薪點、福利津貼令他們懷疑自己付出的努力是否真的有可能帶來合理的回報。

當然，「三十世代」隊頭和隊尾的成員的經驗不盡相同。前者未必有機會超前「戰後嬰兒」，但多少享受過九十年代那種現在看來不太真實的「繁榮盛世」，甚至嘗過趕上事業發展的「快軌」的滋味；後者則連這份運氣也未必擁有。有無見過1997年前的風光，是重要的人生經歷。

但在事業起步（甚至是尚未開步）階段便遇上宏觀社會經濟環境大逆轉，則是他們的共同痛苦經驗。

相對於「戰後嬰兒」，「三十世代」成長於現實政治的時代。

「戰後嬰兒」在全球彌漫著理想主義的大時代環境裡成長。他們是通過想像去接觸政治的：殖民管治下的政治現實沒有為他們提供有意義的政治參與渠道，所以他們需要先有一個遠景，然後有一套策略，最後才有生活中的參與。雖然現實中的中國遙不可及，但對不少人來說卻是政治上的歸宿。總之，概念先行。

於是，「戰後嬰兒」可以是愛國主義高漲的「國粹派」，又或者是站在政治最左翼的激進派（也可以基於政治正確而曾經愛上哲古華拉），然後中年過後成為愛國的保守派。年輕時期，政治很感性。中年以後，政治反而變成為一種計算。

「三十世代」很早便要面對實實在在的香港前途中英談判，再目睹 1989 年「天安門事件」。他們見盡那些由親英變為親中的政客的嘴臉（同時也見到中方——理論上最重視意識形態——基於政治的需要，不理好醜，全面拉攏，大搞統戰，最後差不多是照單全收，一切都是徹底的政治實用主義），親身體驗八九十年代移民潮的衝擊。在政治上（尤其是對政治人物），很難發展出一份信任。更重要的是，他們見過鎮壓，瞭解理想主義的脆弱。到了最後關頭，政治可以十分暴力。意識形態很不實在，同時也缺乏吸引力。剛好跟「戰後嬰兒」相反，他們著重微觀，這個人是否可以信任，較一切（尤其是政治的）甜言蜜語來得重要。

「三十世代」不懂「戰後嬰兒」那一套，後者明明一心想移民，

卻解釋為「曲線救國」，明明一早計劃將子女送去國際學校，卻開口句句「大中華」、「認識中國國情」。「戰後嬰兒」很多道理，講之不盡。無論是左轉還是右轉，總能自圓其說，並且以他們的新一套，作為社會的新標準。「三十世代」只知他們講一套，做一套，不明所以，無言以對。

因為沒有受過理想主義的幻覺與催眠作用的影響，「三十世代」比較實在、直接，不喜歡轉彎抹角，有話直說。

在他們眼中，很多時候大道理變成偽善的包裝工具。愈是振振有詞的，就愈可疑。要在政治方面討好「三十世代」，不可以靠政黨背景，也不可以空有承諾。獨立身份、（廣義的）進步、進取的形象可能更易打進他們的「政治市場」，爭取支持。「三十世代」的政治有著一種反政治的味道：手段不能將不合理的目標合理化。

他們是目前社會上最有可能聽得懂「戰後嬰兒」的說話的一代。他們不完全是新與舊之間的中間代（理論上，這個工作應由「戰後嬰兒」來擔當），卻是真真正正脫離舊價值觀的開始。

「戰後嬰兒」享受了戰後社會、經濟發展最穩定的時代，賺到夠之後才說金錢並不是一切。「三十世代」則在事業還未進入高峰之前，已（被迫）開始討論「誰偷了你的工作？」。職業生涯的轉變令「三十世代」不得不反省工作的價值，一切「戰後嬰兒」覺得是理所當然的事情，迅速地在「三十世代」眼前消失。

「三十世代」被迫返璞歸真。

在上世紀八、九十年代，要求「戰後嬰兒」（雖然只是暫時）放

下手上一切，「尋找靈魂」、重拾自我，或者為了提升自我而進修，是相當困難的。對他們來說，問題在於機會成本：無論尋找真我如何重要，也不值得如此昂貴的價錢。

今天，「三十世代」自願地或非自願地成為了進修課程或相關產品與服務的「忠實支持者」。

有人為了應付一個不明確的環境，以進修來保護自己（實質上有無功用，誰都不敢太肯定，但心裡有個底，可以減輕壓力）。也有不少人真的開始懷疑，為甚麼要死跟「戰後嬰兒」的那一套，人生可另有選擇。而進修是人生轉軌的一個機會，也可以是一次休假，讓自己有機會停頓下來，好好想想問題。當然，對「三十世代」來說，這個決定也須付出，亦有成本，但損失不會太嚴重。

「戰後嬰兒」口是心非，口說「四仔主義」[3]膚淺，實質上視此為個人成就指標。「三十世代」也想過實踐「四仔主義」，但現實是職業生涯起了重大變化，工作穩定性已經消失，事業不可能像以前般可以準備、規劃。而且結婚的比率下跌，婚後還會打算生育小孩的成為少數派。自願也好，非自願也好，「三十世代」活出了全新的生活態度與方式。家庭、婚姻不再理所當然。作為生活概念，「一人生活」、「非婚家庭」已非次選的人生，為甚麼職場生涯就是決定個人成就的唯一標準？

新生活由「三十世代」開始。

3　指上世紀七十年代起，香港經濟急速發展，人們滿足了基本生活溫飽，繼而追求個人享樂和中產生活，包括：置業（屋仔）、結婚（老婆仔／老公仔）、買車（車仔）、生兒育女（生番個仔，又或養番狗仔），這種生活態度稱為「四仔主義」。

「三十世代」當然消費，而且很認真地消費。但對於金錢，「三十世代」有新態度。他們不為未來而活，當下生活的感覺更為重要。直接的說，他們為自己而活——要「栽培自己」（如學習第三語言、參加心靈課程、瘦身、吃健康營養食品），要「實現夢想」（如海外旅遊成為人生大事，這種趨勢見諸近年本地媒體旅遊資訊氾濫），要「吃喝玩樂」（追求好的、風格化的、個人化的），要擁有自己的 lifestyle（愈來愈講究細節），要 reflexive（如支持環保），講抽象的回饋（如助養貧困地區兒童）等等（請不要誤會，我並不是認為「三十世代」是新道德的代言人。但「戰後嬰兒」那一套開始在他們身上失效，卻是事實。）

「三十世代」很直接，因為覺得董建華[4]很不知所謂，便不會像「戰後嬰兒」般假裝包容，以講一些晦氣說話來發洩。兩次「七一大遊行」[5]肯定有「三十世代」的參與。事實上，正因為他們的參與，近年才會出現社會運動文化的年輕化——由於他們不信任政黨，由其他團體及領袖來發動，更能產生超乎預期的效果。至於行動本身，明顯地「七一大遊行」不是另一次「支聯會式」的活動。舊政治——無論在形式或動員過程的方面——逐漸遠離新一代政治參與者。

「三十世代」所引入的政治感性元素，不嫌太多，只怕太少。

「三十世代」走到台前，是應該的。事實上，他們已等得太久了。反而時至今日他們還要在等，這個現象實在應該要好好解釋。

....

4　香港特別行政區第一及第二屆行政長官，任期為1997年7月1日至2005年3月12日，於第二屆任期期間辭職。

5　分別指2003年和2004年。

我不怕他們「上台」、「搶咪」（因為都已經遲來了），只覺他們三十而不出頭，是這個社會的問題。

4

說來諷刺，對第四代人而言，個人性格是奢侈品。

在物質方面，第四代人（1976至1990年年間出生）無話可說。他們屬於香港近代歷史上物質最充裕的一代，這是可以肯定的。事實上，很有可能是到了這一代人，「兒童節」才不再叫小孩們興奮，因為孩子們不再需要（也沒有耐性）為買新玩具、上茶樓、去戲院看電影而等待那一天來臨。說現在天天都是「兒童節」，可能是有點誇張，但現實是物質（至少在量的意義上）已不再短缺。今天，只有成年人才會記得四月四日。

過去，箍牙是少數兒童才能「享受」的牙科護理；現在卻是有箍牙經驗的學童成為了大多數。這就是第四代人的處境。上兩、三代人沒有的，現在他們唾手可得。年輕人向爸媽訴苦，說箍牙令他們渾身不自在，吃飯也吃得辛苦。父母的回應一般都是「以前我們哪有像你們這般幸福，哪有錢去箍牙！」在上兩、三代人眼中，第四代人得天獨厚，要風得風，享盡以前不能想像的優厚條件。理論上，他們不可能對這個世界再有投訴。父母那一代將最好的，兒時想也不敢想的珍品，都供給第四代人了。

第四代人在富裕的社會環境裡長大，這是事實。但這不等於說他們比任何一代都要幸福。

你可以批評他們身在福中不知福，但我們須瞭解一點，第四代人有他們那一代人的煩惱。而他們可能比我們更清楚知道（同時也是最有感受），金錢、物質都不足以保證幸福、快樂。事實上，以為充裕的物質能給孩子帶來幸福、快樂，便想盡辦法為孩子提供最好的生活條件的，是第四代人的父母。是當父母的成年人覺得自己

應該負上這樣的責任，倒不是第四代他們在十歲八歲已認為自己應該享有提出這種要求的權利。如果第四代人是給寵壞了，或者我們應該先問誰寵壞了他們。

美國的「戰後嬰兒潮一代」有幾個特點。首先，跟世界各地的「戰後嬰兒」一樣，他們人多勢眾。第二，美國的「戰後嬰兒」成長於經濟繁榮、社會富裕的時期。第三，他們是在電視機前長大的第一代孩子。第四，他們在成長期間遇上了重大而且對整個社會有著深遠影響的歷史事件（美國總統甘迺迪遇刺案、越南戰爭等）。更重要的是，他們是 "Spock babies"（即在著名小兒科醫師 Benjamin Spock 的兒童心理及成長理論大行其道期間長大的孩子）。他們是否在 permissive culture（縱容式教養文化）中長大，這一點並不是最重要（何況1968年以後世界上種種社會、文化、經濟、政治上的轉變，不盡能以簡單一句 permissive culture 便解釋過去），重要的是他們在一個以孩子為中心，重視孩子和少年成長的社會環境裡長大。

但香港的「戰後嬰兒潮一代」卻是在一個以家庭為中心的社會環境裡長大：每一個家庭都有好幾個小孩子，他們的父母（即第一代人）重視家庭，不過那是指家庭作為一個集體。每個孩子都要先考慮家庭的需要。香港的「戰後嬰兒」在成長過程中沒有物質條件，更沒有甚麼選擇可言（小時候誰不是穿著哥哥姊姊的舊衣服）。要改變，就只好在考試制度或勞動市場裡好好競爭，要出人頭地。

當香港的「戰後嬰兒」為人父母之後，並沒有放棄這一種爭取出頭機會的想法。事實上，第四代人的爸媽十分自覺要為孩子提供各種在競賽場地上適用的「武器」，而且還要盡早作出準備。如果

「戰後嬰兒」在小學畢業時便遇上影響深遠的升中試，要面對人生中一次嚴峻的考驗，那麼第四代人需要更早面對競爭——他們參加的競爭由幼稚園階段便開始。

他們由四歲（或更早）開始意識到這個世界存在比較。

更重要的是，成年人很早便老實不客氣地、不斷反覆地提醒第四代人要盡早準備應戰。

香港的第四代跟之前幾代人最不一樣的地方，是他們要面對來自爸媽的緊密監視（較正面的說法，是照顧）。今天的家長比任何一代的都更重視與子女的關係和建立良好子女關係的理論。一方面，這些本身是「戰後嬰兒」的家長希望孩子能快樂成長，免於過去只重考試和淘汰競賽的教育制度的痛苦，能多元、多面向的發展等等。他們自己經歷過可怕的「填鴨」制度，希望下一代可免同樣的痛苦。但與此同時，在另一方面，這批家長又太瞭解社會風浪，變幻莫測，深深明白到淘汰考試如何「一次定生死」（決定個人前途），明白成人世界只重競爭，所以又怎可以不及早為子女作好準備，幫助他們將來出人頭地。在這個人情冷暖的社會求存，必須有方法自保。家長自覺要在這個方面早做工夫。

而由於家庭生育觀念的變化，平均每一個家庭的子女數目下降，形成每一名小孩由幾位成人照顧的狀況。第四代人永遠是受照顧對象，也是社會上的少數。

所以，第四代人總是無法擺脫來自爸媽的緊密監視。

上述這一份矛盾心情，令家長當上了天使，也成為了魔鬼。他

們對子女的關懷是毋須懷疑的。基於關心，他們不願意處於被動，坐視不理。也出於關心，他們決定不容許孩子們走上迂迴曲折的冤枉路。他們（自認對這個複雜、無情的世界十分瞭解）打算憑著自己的經驗，給下一代準備一切，幫助子女以高效能和高效率的方式達到目標。這些家長的一番好意，埋下了種種問題。

是這一些家長給孩子機會和支持，使他們有機會參與各式各樣的興趣班，但也是他們把上興趣班變成孩子們為了滿足成人的期望而要完成的事功。

是這一些家長願意放下事業，全職照顧孩子，每天接送，這一刻送孩子學習游泳，那一刻上小提琴課。但也是他們以多元發展之名，令孩子們學會了各種各樣之後，卻少了一種發自內心，自我追求的熱情。

是這一些家長因在成長期間從參與義工社會服務獲益良多，而要求將社會服務算進學生表現評估之內。但也是他們把社會服務變為學生履歷表上的項目，統統量化，令年輕學生覺得做夠服務時數便大功告成。

是這一些家長因自己在求學時期參與課外活動而學懂了組織、當領袖的才能，所以認為參加團體活動很重要。但也是他們接受不了子女廢寢忘餐，全情投入學生活動，認為這是荒廢學業，而不是投入感、責任感的表現。

是這一些家長口講自由、開放，鼓勵年輕人自由發展，也是他們連孩子上大學後選修些甚麼科目都要管。他們怕孩子們不切實際，選不上日後能幫助找到好的工作，闖一番事業的學科。

「戰後嬰兒」一代人做了父母後，改變了第四代人成長的環境。第一代人給予「戰後嬰兒」自由成長的空間，在不知不覺之中已經消失了。新的成長環境其實是一套程式，而屬於第四代的孩子（在沒有甚麼選擇的空間底下）要緊跟配合。任何的疑問都會被認為是不敢面對現實的懦弱的表現。任何的異議會被認為是不切實際。

「戰後嬰兒」背景的家長極願意投資在自己的子女身上，他們當然關心自己的投資的回報是否合理（詳情可問那些為了子女躋身名校而搬屋或購買豪宅的家長），但在預期的回報兌現之前，他們只會繼續投資，投資更多項目。而「戰後嬰兒」背景的專家、服務供應商巧立名目，想出五花八門的課程、書籍、服務，來滿足這一批好像永不滿足的家長的需求。

家長之所以不斷投資子女的文化培育，其實源於一種對競爭的焦慮。他們愈焦慮不安，愈是心急，愈想快人一步，就只會投資愈多。但人人投資，競爭便更為激烈，家長亦會變得更為焦急、徬徨。這樣的循環反覆將這一種競爭文化推往一種完全扭曲的狀態。

第四代人是在一個很特別的生態環境裡成長。

第四代人的成長經歷剛好跟「戰後嬰兒」的倒轉過來。「戰後嬰兒」在求學期間受鼓勵要立大志，追求理想。在大學校園裡，學生會活動、社會參與等是培養和鍛鍊個人才能、意志、視野的場地、空間（連不愛參與學生活動的，也不會認為課室是寶貴的知識或生活經驗的來源）。當時尋夢不是天真的表現，而是個性的體現。曾幾何時，不講理想——還要是較抽象的理想——才有問題。站在現在的位置來看，從前的校園文化、生活實在是難以想像的。以前

做學生不夠實際，是應該的。社會容許（甚至鼓勵）那些活在象牙塔內的學生們胸懷大志，高瞻遠矚，認為他們不應甘於與社會大眾一模一樣。在求學期間跟社會主流保持距離，乃理所當然。那時候，年輕人甚至可以此自豪。那時候，年輕人被認為不妨擁抱主流以外的價值。

那時候，理想的價值、意義，誰也不敢公然挑戰。我不是說老一輩對此沒有意見，正如前面所講，他們一定對某些所作所為看不順眼，可是在整個社會層面上，一般意見都認為年輕人多講理想是應該的（至少是可以接受的，不應該打擊的）。當時的看法是到年輕人踏足社會後，他們自然會有所改變，變得現實、世故。年輕人回歸現實只是遲早的問題，社會這個大染缸就是淡化理想主義的最有效機制。上一輩並不急於改造年輕一代。他們有時甚至會覺得年輕人應趁青春而有過為了理想而廢寢忘餐、犧牲也在所不計的衝動。青春無悔。

現在，整個成長過程都變為一個準備的程序——進入職場前的準備。以前年輕一代也會為前途感到徬徨，但整個社會願意給他們多一點時間和空間，容許一試、再試。曾幾何時，我們相信青春無敵，年輕人有的是時間，不急於一步到位。我身邊的同學不少都是在大學畢業之後，工作幾年，重新進修，然後投入另一個行業。那時候，或者有人會埋怨少搵了幾年快錢，但少有認為這是浪費青春。那時候，人生、時間的觀念跟時下主流的完全兩樣。

今天，第四代人從小學、中學（或更早的）階段便要上馬，朝著事業前途進發（中、小學生寫創業計劃書早已不是笑話，而是

現實，並且大行其道，被視為甚有教育意義)。年輕人與成年人之間、學校與社會主流之間的距離差不多完全消失，任何偏離主流價值「正軌」的，會被視為不夠成熟，態度欠認真。現在，衡量年輕人的表現只有一種標準或尺度。年輕人的思想行為愈貼近成人世界愈好，人生態度愈現實世故愈好。現在的成年人當然也容許年輕一代講理想，但那種理想要接近社會主流的一套。

現在，主流變得很有力量，很有說服力，很有道理。當前可能是主流最強而有力，立於不受挑戰的日子。以前主流也很有力，但未至於在青年求學時期便發揮影響力，塑造年輕一代的精神面貌。

說來奇怪，以前我們認為人生在大學畢業之後才起步。大學或以前的教育只是基礎訓練，更認真的學習——由知識、語言(外語、普通話)、待人處事，到交際、儀態、表達能力——由廿二三歲以後才開始。那時沒有終身學習這個概念，但大家都知道離開學校之後很多事情要重新學習。一紙證書只是入場券，「社會大學」才是真實的鍛鍊與考驗的場地。那不是說在學時期的學習並不重要，而是我們不會對小伙子的能力太早下判斷。大學畢業，「闖蕩江湖」之後而脫胎換骨者，大有人在。對十七八歲或廿二三歲的年輕人，我們重視潛質，但不認為早熟之後的日子就一定會更加成功。從前我們可能更相信一個人會不斷成長，可以有所突破，三歲未必定八十。只要一個人會要求自我進步，誰管他讀過哪一所中學或大學畢業試的成績。小時了了，絕不是燦爛人生的保證。

那是一個可以容忍 late developer 的大環境，而遲發展也不一定表示隨後人生道路曲折。那時候，我們少計較一個人的出身，而多

留意他最終可以到達哪個終點。過去的就讓它過去，更重要的是，這個人能否倒下之後重新振作，努力翻身。那時候所謂突破，真的可以是質的變化。總之，就算是在最實際的方面，例如關於職場生涯的種種計算（誰不想一帆風順？誰不想每項投資都收到預期的回報），還是可以留有一點計算以外的空間。那時候，我們還相信很多事情都在離開校園，踏足社會之後才發生。（我自己作為一個 late developer，對今天遲發展的年輕人特別同情。真的十分諷刺，一個愈來愈強調個人成長，人人都應該有機會多作嘗試的社會，卻提早對個人的能力下判斷，大大減少了那些不依照主流的步伐和成長進度表生活的一批人的機會。）

今天，我們口講終身學習，不斷努力。現實卻是我們對年輕人的成長路徑、個人履歷看得很重。有時候，我有一種感覺，就是我們正在要求年輕一代人在廿二三歲之前做好一切準備。我們以為如果他們未有在這個年紀以前學好這、學好那，那他們將來也不會把它們學好。

是我們對年輕一代失去信心？

還是我們把年輕人的人生歷程都搞錯了？究竟年輕一代的廿二三歲是人生的開始？還是終結？他們應該在年輕階段便趕上這、趕上那嗎？他們有必要在年輕成長時候便一天到晚為升學、求職而煩惱嗎？

我們信任年輕一代嗎？我們相信他們在離開了成年人的監督後還會要求自我提升嗎？

現在，成年人所做的很多事情，都反映出一份不信任。因為不

信任，所以在年輕一代的廿二三歲或以前，我們特別多要求。他們要在離開學校之前全面武裝起來。雖然我們不斷說終身學習，但實際上卻不是以一套終身不斷學習的進度表和時間表來考慮第四代人的生活節奏和進程。他們需要提早進入成年人的世界、生活模式、價值系統。第四代人要滿足別人對他們的期望。他們要面向世界、面向大中華、要懂兩文三語、要有提高進入名牌大學機會的社會服務參與、要懂餐桌禮儀（幫助日後見工面試）、要學懂 bluffing（虛張聲勢）、要很多很多。一切都是為了應付現實的需要和成年人的要求。

當然，可以想像，成年人卻總嫌他們不夠成熟，而且天天投訴。

代代之間存在期望落差，這是常態。但以往的代溝發生在兩代人不同的價值系統的衝突之上。今天，只存在一種標準，單一的維度。無論年輕一代變得如何早熟，他們總是未達要求。

在成年人眼中，第四代人有很多選擇。以前不曾存在的機會，現在都是有可能的選擇。

但實際上，也可以說他們沒有甚麼選擇可言。他們可以在眾多樂器之中任擇其一，但不可以選擇只聽音樂，而不玩樂器。

對於他們的未來，周邊的成年人有很多意見，也有很多想法、建議。事實上，周邊的成年人可能較第四代人本身更有意見和有更多想法、建議。在第四代人表達自己的想法之前，周邊的成年人已經結束討論。

有時候，他們連叫暫停的機會也沒有。

跟第四代人聊天時，不要問他們喜歡些甚麼，因為對他們來說，這是一個大難題。他們知道別人喜歡他們喜歡甚麼，也知道自己不喜歡些甚麼，卻不能輕易講出內心真正的最喜歡。

　　個性是奢侈品。

後記

最近跟朋友談起世代之爭，他們很快便聯想到保衛天星碼頭鐘樓的社會行動。「二、三十世代」發聲了，他們異口同聲的說。

「二、三十世代」要發聲，只有他們自己最有資格將訴求、主張說清楚，毋須「戰後嬰兒」插嘴。

從2004年開始構想世代這個寫作題目，背後原因是父親離世令我重新思考他那一代人對香港社會的貢獻。他們才是默默工作，為「戰後嬰兒」創造各種發展的空間與機會的一代人。因為低調，他們的角色並不顯眼。因為不懂得講大道理，他們的角色表現也不特別討好。但這不等於早已逐步淡出的他們，就此消失算了。我是覺得戰後以來陸續出生的幾代人，虧欠了第一代。我們沒有好好認識第一代人，未有作出總結，更少有好好反省。但若果沒有第一代人的努力成果，後來幾代人所享受的機會實在難以想像。

至於已是銀髮族的「戰後嬰兒」一代人，似乎還未知道原來自己並沒有完成「歷史使命」。他們在一個機會開放的社會環境裡長大，卻未有令下一兩代人可以在一個同樣或更加開放的社會環境裡生活。他們年輕時期曾經深信不疑的價值，今天不是早已煙消雲散，便是被理解為反面教材。在過去十多二十年，自覺要低貶理想主義的，是「戰後嬰兒」。

如果香港社會曾經給予「戰後嬰兒」一代人最開放、最多元化、最多機會的成長環境，那麼他們似乎未有將那個環境好好保護、優化，並且傳給下一代。第一代人所交出的接力棒，「戰後嬰兒」似乎

未有好好接住。

　　論香港社會的核心價值，應由第一代人講起。

第二部分 | Now Generation

　　世代建立於集體經歷的差異，表現在不同世代的態度、想法。主要就是這個原因吧，這一代人不理解另一代，另一代人也不理解這一代。不過，現在所指的不是年齡相差十歲、二十歲的群體。相差五歲，差異也可能相當顯著。

絕望的想像與不願意等待的心理[1]

近期跟年輕朋友閒聊，最常聽到的一句説話，是對香港的社會、政治現狀感到絕望。他們對北京感到絕望——因為完全看不到領導人有誠意給香港社會進行民主化的空間；他們對特區政府感到絕望——因為不覺得政府的管治班子有打算及有能力回應民間的政治訴求；他們對扮演反對派角色的民主派感到絕望——因為並不認為他們能給政府製造政治壓力，打破現時的悶局，給香港社會帶來轉變和希望。在他們眼中，香港的政治悶局難以打破。而在這樣的情況之下，有的覺得就算明知某種主張、行動難以奏效又或者成功機會渺茫，亦應該一試，有的則認為既然過去可用的方法均已經用過，那麼現在任何一種手段都可以採用。這一種強調絕望的情緒為行動者提供了足夠的理由，毋須思考行動的策略與意義的問題（因為「之前所做的都沒有用，現在做甚麼都只會更好（或不會更差）」）；於是，就算只是為了行動而行動（大概因為只要停頓下來，不再有行動，便不知道如何為沒有行動作出解釋），甚至是明知是盲動而盲動，也較任何其他選擇更能振振有詞，站在道德高地之上，高聲宣稱「已經去到最盡」。如果這樣做仍未能帶來翻天覆地的轉變，那只因為「港豬」繼續做其「港豬」[2]，而裝睡的繼續裝睡。行動本身沒有錯，錯就錯在其他人沒有覺醒而已。

在此我並不打算討論以上那些情緒、想法或對或錯的問題；這類提問關乎道德價值判斷，讀者自有其個人的看法。我更感興趣的

1　本文曾於2016年3月18日在《明報・論壇版》發表。
2　「港豬」形容只求生活安穩、不熱衷政治的香港人。

是，這些情緒、想法的邏輯與操作，意思是究竟它們背後有些甚麼假設，而按其思路，最終又如何自圓其說，打破所謂的悶局。

時下年輕人口中的絕望，很大程度上是一種情緒的反應。當然，在停止思考另一些可能性的時候，眼前的現實也就會變得令人感到絕望——所謂絕望，不一定是外界已不存在出現變化的可能，而是主觀上不想處理這個關於轉變的題目。我們或者需要明白，任何轉變的出現，都要求行動者等待（但在時間上，可長可短）。對很多人來說，如何改變現狀，涉及個人的或集體的（例如家庭）策略；而在思考、設計相關策略的過程中，要有所部署，而中間一個重要的問題是關於等待：是否值得等待（最終可以取得期望的成果）？是否做了適當的準備之後，便可以期待轉變的出現？在計劃與最後取得成果之間，不能避免地存在一個時間上的問題：由這裡到那裡，無論成功還是失敗，中間牽涉到時間；在一般的情況下，開花結果需要時間。

但有些年輕朋友覺得，或者他們可以繞過這個問題。他們反問我：為甚麼要等？面對這個不公義的制度，不是應該立即大變嗎？在推動大變的局勢面前，沒有必要再等。這裡存在兩個有趣的問題，一是當前的香港社會是否已來到一個所謂的革命形勢？二是就算已經出現一個「革命」形勢，那也並不是一天、兩天的事情，當中事態的發展可以峰迴路轉，而局勢亦可以大上大落。所謂推動大變只爭朝夕，其實也一樣需要有策略、部署、等待。所以，等待同樣適用於任何求變的過程之上，只是那些年輕朋友沒有耐性去想這些事情而已。

絕望的想像之所以威力巨大，是因為它能給予很多年輕人提供一套理由，幫助他們避開以上所講的等待的問題。而這種絕望的想像近年在年輕人圈子裡能夠迅速擴散、廣泛流傳，並且為他們所接受（儘管在程度上並非一致），是很值得注意的現象。要全面及深入解釋這個現象，必須有調查研究。在此我能提出的，恐怕純粹只是個人的觀察。

回顧過去幾年香港社會狀況的一個（但當然並不是唯一的）特點，是「時間表」、「路線圖」等字眼從主流文化中抽走。或者在那個時候當局覺得這是抗衡、打擊政治反對派的最好方法，刪除一些不必要的想像空間後，對手便難以在政治發展的議題上死纏爛打，咬著不放。使用了這一招式之後，所謂的溫和泛民便很難再自圓其說，將有限度的改進（由政制的有限度開放到他們在議席上的增加），理解為政治上的一點成績（例如制衡特區政府的能力的提升）。以前民主派的政治論述容許他們在不全面挑戰現存制度的框架下，能解釋各種政治上的動作的意義。可是，當現存的制度框架並不能容納任何「時間表」、「路線圖」，沒有進一步朝著既定方向的改革發展時，則一切在框框內爭取更大空間的嘗試，都變得沒有甚麼意義。當時為了撲擊反對派，將原來可以幫助維繫制度框架、保持社會政治發展有所平衡的元素，統統也鏟除了。或者主導變局的政治力量從來沒有想過這樣做會帶來甚麼社會效果；又或者他們根本不覺得那是一個問題。但無論如何，政制改革的議題與討論空間一再發生變化，這基本上將舊日維繫制度運作的理解框框、心裡有數的假設（民主政治的爭取並不挑戰北京作為中央政府的地位）全部改寫。忽然之間，甚麼寸土必爭、「位置之戰」、盡量擴大政治空

間的說法，全被另一套政治論述所蓋過；如果要改變，即時就變，如果要有效，要立即見效。等待變成等同於無原則的妥協，現在就是一切。新的香港政治，只有當下。

　　沒有期待、等待，基本上也就再沒有妥協、交換的想像空間。於是，有的認為現在就來一場決戰，也有的其實沒有想法，只覺得要做些甚麼事，不一定有明確的目標，也不一定有甚麼策略、部署，總之就是做了再算（就算對所謂的大局毫無好處的，怎樣也要幹一番）。從舊日社會運動圈子的角度來看，這是追求個人滿足的情緒反應，只有政治的包裝，而無政治的內容。可是，當大部分參與行動的社會人士覺得這總比漫無目的地等待更有意義時，則這樣的行動不單只可以迅速發動起來，而且有其追隨者，行動頗具規模。而有趣的是，由於這些行動有其參與群眾，它們的規模足以遮掩了本身其他方面的弱點（例如缺乏對中、長期發展的思考），很多需要考慮的課題變得不受重視，或覺得可以擱置一旁。至於參與其中的群眾「享受」行動中出人意表、突然而來的熱烈反應，和那充滿激情的氣氛。如何引爆激情，把行動推向更為激烈的狀態，這本身就成為了行動引人注意的成果。

　　究竟一個接另一個的行動有無累積性的效果，還有待研究，但這個題目似乎未有引起太多注意。在沒有期待、等待的心理狀態底下，累積或延續都不是重要的問題，因為當下、現在更為重要。但燃點激情，把行動激烈化便等於可以帶來翻天覆地的改變嗎？而激情過後，又將會怎麼樣？現在持這種所謂革命論的行動者所要面對的難題，是再過一段時間之後，他們亦很有可能陷入和需要面對，那自己曾經全面否定的前人的處境——他們的行動（就算表達方式

如何激烈）也不能帶來所謂的真改變（愈強調真改變——也就是徹底的轉變——就愈難在短期內交出成績）。這也就是說，他們對民主派的批評並不需要經過太長時間也會應用到自己身上。他們對參與行動的群眾最具吸引力的一點，是大家對現狀失去耐性，不想再等待需要經過一段時間才會發生的轉變。作為攻擊對手的政治論述，這對民主派是致命的一擊。不過，問題是當這些行動者組織一次又一次的「起義」（或者維持一兩天的「革命」）之後，他們也需要說服群眾必須忍耐，等待黎明、解放的來臨。有趣的問題是，如果參與行動的群眾不應等待和追隨舊有的政治運動模式，那又為甚麼要對所謂的「革命派」特別包容嗎？「革命派」憑甚麼說服群眾巨大的轉變快將出現，而且將會是相當徹底的蛻變，保證剷除建制中的牛鬼蛇神，並完全顛覆現有制度呢？

所有民主派犯上的「罪」，亦一樣會出現在「革命派」身上。「革命派」要解決這個問題，方法只有一個：在「革命派」中走出更革命的一派，自命更革命的一群，指摘另一群行動參與者背叛革命、臨陣退縮、缺乏堅持的勇氣。革命的希望之所以得以維持，原因不在於真的搞出一個革命的勢頭，而是「革命派」當中不斷出現內部分裂，每次革命未能成功展開，都只是因為另一幫人不敢「去盡」，出賣了「革命」，而有人會繼續手持革命火炬，奮戰到底。革命形勢永遠存在，只是有人沒有好好把握而已。在這個內部分裂的過程中，參與者又可以暫時將期望、等待的問題擱置，相信隨時又會有另一次爆發。諷刺地，因為群眾沒有耐性等待，所謂的「革命派」遲早也要面對缺乏耐性的群眾的挑戰，會被視為阻人前進的絆腳石。愈是強調道德感召的政治運動，愈常見上述不斷自我否定、組織上自

我分裂的狀態。

香港社會要進行重建，必須認真想想如何重新打造願景——社會（在政治、經濟、文化等不同方面）是可以向前發展的。沒有希望，就不會談等待；沒有某種方向感（某種「時間表」、「路線圖」），便不會出現對制度的信任，同樣也不會等待；沒有某些向前進步的指示、標記，很難談甚麼計劃與準備。這些元素聽起來都是十分基本的東西，但現在卻可能是香港社會最為短缺的。回顧過去十多年的社會發展，香港是上了寶貴的一課。誰說社會的制度最難改變？誰說制度性因素是最具對抗迅速逆變的東西？原來很多制度性的東西可以變得比我們想像中更快、更急。既存的雖未至於隨風而逝，但早已大打折扣。如何在這個基礎上進行重建，肯定是艱巨的社會工程。

Now Generation 的耐性[1]

　　政治所要處理的一個重要問題，是如何帶來轉變。政治行動——無論是在制度外的社會抗爭，或者在制度內的議會辯論——皆旨在(通過取得政治權力)帶來社會轉變。但要達成怎樣的效果才算是轉變呢？有人會問那是真正的轉變嗎？也有人會懷疑所謂的轉變，會否只不過是形式而已，事關那些轉變並未動搖既有的制度，而表面上的轉變反而有助粉飾太平：深層次的問題繼續存在，但又看似已經嘗試作出回應。當然，也會有人認為能夠帶來轉變——無論如何不顯著——總比完全不變的好；轉變是一個持續的過程，應該談論程度、規模，而不是一個真或假的問題。

何謂轉變？

　　這個關於如何理解轉變的題目，從來爭論不休，同時也沒有「絕對的答案」。在上世紀七十年代，這個題目會演繹為革命vs.改良之辯，今天則較流行將問題放到個人層面之上：有些人認為這關於個人的態度(例如「做得幾多得幾多」)，但也有人將問題上升至道德層面(例如「毋忘初衷」)，涉及人生、生命價值等等，這不單只是意見上的分歧，而是彼此不同人生道路的選擇。我感興趣的問題，不是誰是誰非，又或者哪一種觀點/態度更為正確，而是當前香港社會上有關政治、社會發展的討論，較之前任何一個時期，於如何理解轉變的問題上，出現了更為強烈的對立觀點、立場。舊時某種理解轉變的主流看法似乎已經消失，於是不同立場和意見之間難以溝

1　本文曾於2017年1月1日在《明報》發表。

通（更遑論妥協、對話、合作），一切都變得絕對化，是否同路人成為了十分重要的問題，這個身份決定彼此有無必要再談下去。

這是對如何理解轉變的分歧，但在更深一個層次，則是關於兩種不同的時間觀念。而這又跟世代差異有關係。

如何爭取改變？

在最近兩三年裡，我經常聽到一些朋友頗為感慨：從來沒有想過XX這麼「藍」！也沒有想到YY和ZZ的想法完全反「黃」！[2] 沒有進入話題還好，一經有人提出，發現原來AA、BB、CC等統統都是「藍」傾！這裡值得思考的問題可分為兩個方面。一是關於利益。怕亂的心態其實不難理解，只要個人的利益嵌於現存制度安排之內者（由擁有財產到擁有目前認可資歷，均屬於這一類），都不想見到太突然、太大規模的轉變。「已經上岸」的一代人和階層很多時候都因為利益所在，而抗拒太大、太快的轉變。二是對時間、轉變的了解。很多「藍」的意見、評語，其實不一定是反「黃」，又或者親建制，而更多是屬於無法理解「黃」的行動邏輯。簡單的說，社會上的主流意見和態度是基於成本與回報的計算，不會輕易玩「曬冷」。持這類主流想法的人難以理解「黃」的行動如何能夠帶來期待中的轉變，而「黃」的行動者似乎也沒有太大興趣去說服他們，行動背後有著怎樣的一套邏輯。

「黃」與「藍」的撞擊並不單純是利益上的矛盾，而同時也是兩種對轉變的不同理解的衝突。

....
2　「藍」泛指支持香港警察、廣義的建制派；「黃」泛指反對派。

目光放遠是虛偽？

這跟世代有關嗎？

喜歡也好，不喜歡也好，我們得承認社會上的主流意見、態度，跟「戰後嬰兒潮」世代有著密切的關係。他們對轉變的態度是「馬基亞維利式」[3]的：重攻略，講求手段，懂得（並且重視）部署。所以，很多時候年輕一代聽不懂「戰後嬰兒潮」世代的說話——當他們說「不要凡事計較」時，他們的意思並非完全甚麼都不計較，而是不要只看眼前，要將目光放得長遠一點。這是虛偽嗎？不是，只是他們說話背後的時間觀念有所不同。對「戰後嬰兒潮」世代來說，他們心中的「回報期」可以是相當長遠的，不求即時回饋。

事實上，在「戰後嬰兒潮」世代成長的過程中，如何在個人層面上規劃人生，是重要的事情。「延後滿足」（deferred gratification）是他們人生中的重要道理。很多年輕人以為這只應用到高學歷、中產的「戰後嬰兒潮」世代，因為讀書、考試，並且在當時競爭激烈的教育制度內生存，需要懂得控制自己，不求即時的快樂，而要克服沉重和沉悶的溫習、功課。

他們其實忘記（應該說不知道）了，昔日當學徒，同樣需要接受「延後滿足」。曾幾何時，無論是「填鴨」啃書考試，或者跟裁縫師傅、大廚學師，「戰後嬰兒潮」世代都需要為自己作「長遠打算」。只有懂得「延後滿足」，他們才能在當時一個並不見得很理想的環境裡捱過去。在日常生活的層面上，那是先苦後甜的道理；很多「戰

3　所謂「馬基亞維利式」（Machiavellian）的處事態度，泛指視自己的行動為工具、手段，只是為了達到個人目的而做的計算、部署。

後嬰兒潮」世代還是小孩的時候，總是先將月餅的蓮蓉吃掉，才享受剩下來那一小片鹹蛋黃。學懂等待，知道如何取得成果的步驟，是「戰後嬰兒潮」世代成長過程中的重要經驗（而這套道理的內化程度，很大程度上決定了個人日後在制度裡能否競爭成功）。

這一套對時間的理解、對未來的想像、運用規劃和手段把目前與將來接連起來，是「戰後嬰兒潮」世代早已潛移默化的做事方式。對高學歷或在職業生涯順順利利的「戰後嬰兒潮」世代而言，這一套很快轉化為「事業」（career）的概念：付出努力（例如考取專業資格、累積工作經驗），按部就班，將來會有回報（例如晉升到最高的位置）。對身在另一種軌道的「戰後嬰兒潮」世代來說，他們將那一套轉化為「搏」，由兼職、「秘撈」、擺地攤，到開山寨廠，嘗試打開一個未來。究竟這個「搏」是態度？還是可以上升至一種精神來對待，各有不同理解，在此不必深究。不過，在這裡可以肯定的是，那可以將想法、態度轉化為行動，很多人（由山寨廠老闆到自僱水電維修匠）願意一試。當然，在這兩大類的中間，不少人只求安分守己，能平平穩穩地改善生活，已經很滿足。而那兩大類的「戰後嬰兒潮」世代也不是人人順境，個個成功。但大致上，這是社會上廣泛為人所接受的一套，給大眾提供了一種秩序的觀念——「戰後嬰兒潮」世代不抗拒社會有梯階、分層的制度，重要的是那可以成為社會流動的渠道，於是他們可以通過了解競賽的規則，投入時間、精力，將來取得期望中的回報。

當採取主動時，「戰後嬰兒潮」世代談的是規劃人生；在較為被動時，他們說的是風險管理——將風險減至最低，或把損失限於可控（或接受）的範圍之內，將不確定性轉化為可以預算、計算的束

西（例如通過機會率的計算、保險的方式）。雖然人生不可能完全在計劃和控制之內，意外不能避免，而運氣、際遇往往較想像中的更有影響力，但在他們心中的時間框架裡，可以為爭取轉變而做一些工作。

我說過，「戰後嬰兒潮」世代對待轉變的態度是「馬基亞維利式」的。這同時也是他們的精神面貌的一項特色。在處理個人與制度的關係時，他們是典型的「工具論主義者」，對於手段與目標握得很緊。面對種種制約、障礙時，他們的第一個反應是如何搞清楚整個「遊戲」的邏輯和規則，身處其中，就算對局面有所保留或者認為難以接受，依然想辦法取得最大的（最低限度在個人層面上）回報。這也就是說，他們可以抽離於制度本身而仍然在當中玩得出神入化。在他們眼中，這是一種駕馭的能力。這也是一種能夠將個人喜惡、道德判斷跟制度、環境暫時放下、保持距離的能力。身處的制度不一定合理（或應說是通常都會存在不合理，甚至是不公義的安排），但他們可以為自己找到一個位置，有的盡力改良，有的盡其本分，令劣質的事情減至最少，也有的只是不做壞事而已。簡單的說，他們可以待在制度之內，每日如常地做一點點事情。他們大多數不是革命性改變的支持者，但這不等於並不求改良。如果要「盡地一煲」[4]，他們會要求倡議者交代，為甚麼那些提出來的手段可以達到預期目標？是否值得付出那些代價？是否有效的方法？所提出的目標是否實際？成功機會有多高？

這是「戰後嬰兒潮」世代的精神面貌、處事方法和思維方式。

4　指孤注一擲地做某事。

問題不在於它們是否正確或者優越，而是在一段相當長的時期裡，滲透於社會文化各個角落。它們跟整個社會秩序緊密扣連，以至不屬於「戰後嬰兒潮」的世代亦多多少少緊隨著這一套或受其感染。所以，到了今時今日，雖然「戰後嬰兒潮」世代的價值觀、人生觀、秩序概念、思考方法早已飽受衝擊，但他們所代表的一套尚未在社會上失去影響力。事實上，「戰後嬰兒潮」世代的韌力是不容低估的。當很多人都以為他們的一套正在退潮，「戰後嬰兒潮」世代不能不從前台下來的時候，他們卻較想像中充滿活力，憑著人數而繼續發揮影響力。

有沒有革命綱領？

「戰後嬰兒潮」世代及其代表的一套是「馬基亞維利式」的。今天，有趣的問題是這一套遇上了代表另一種時間觀念的「Now Generation」。又或者反過來說，是「Now Generation」要面對那仍然很有影響力的「戰後嬰兒潮」世代觀念。

我的看法很簡單：「Now Generation」無法說服那些接受「戰後嬰兒潮」世代觀念的人，年輕人的主張、行動能夠把預期的結果變為現實。而事實上，「Now Generation」的一大苦惱，是在他們付出很多之後，那曾令他們極其討厭的生活模式、狀況，卻幾乎原封不動的保留著，未有改變。在持「戰後嬰兒潮」世代觀念的人眼中，「Now Generation」的躁動有點莫名其妙，難以理解當中的邏輯。這不是說他們對「Now Generation」的處境沒有半點同情心（當然，「New Generation」最討厭的可能就是這份所謂的同情），而是無法明白「戰後嬰兒潮」世代所採取的「手段—目標」，怎樣可以帶來希望

見到的轉變。對「Now Generation」來說，這是不應糾纏的問題，可是在「戰後嬰兒潮」世代看來，這是前提，未能準確回應，則其他考慮大可免問。

由之前不覺得宏觀環境和社會經濟制度存在問題和矛盾，到現在也接受全球資本主義危機處處，貧富差距造成民怨四起，「戰後嬰兒潮」世代在思想上是有所調整的。他們可以明白為何世界各地都出現抗爭，憤怒的群眾遍佈全球，可是難以理解像「佔領華爾街」那一類行動可以怎樣產生制度變革的效果（象徵性的作用除外）。他們的疑問不只限於為何出現行動，同時也包括了為甚麼那些行動沒有在政治上變得更進取？周圍民怨沸騰，但卻聽不到甚麼革命綱領。憤怒的人很多，不過未有很多人提出改變世界的方法。

同樣的想法應用到近兩三年在香港發生的各種政治事件。按「戰後嬰兒潮」世代的思維，在採取行動之前，最好做個效果評估。他們那種「馬基亞維利式」思維對於只講過程，而不計成效的做法相當抗拒，難以投入。我們必須注意，「戰後嬰兒潮」世代並非全數站在政府／建制的一方：在「雨傘運動」的過程中，他們作為「上班族」不是完全不受影響，但基本上相當包容，沒有以盡快恢復社會秩序而大力支持金鐘清場的輿論。在立法會選舉中，部分「戰後嬰兒潮」世代的投票對一些「新丁」成功當選亦起著一定的作用。在某個意義上，他們應該是新興政治力量爭取的其中一個目標；現實上，情況卻是點到即止，與持「戰後嬰兒潮」世代觀念的人，保持著某種距離。

又或者我們可以倒轉過來思考這個問題，當「戰後嬰兒潮」世

代所代表的想法、做法已經證明效果有限（或如一些年輕人所言「破產」）的時候，那不是應該是他們起身、「讓位」，而由「Now Generation」上場嗎？在一些「Now Generation」口中，既然前面的一兩代人「一事無成」，交不出成績，那還有需要重複舊有的步驟、做事方式嗎？以前講的是改革，現在追求的是突變；以前講的是漸進或逐漸改善，現在追求的是立即改變；以前以為在制度內要跟隨規矩，現在不妨嘗試一下突發性的顛覆行動；以前要有明確的政策對象，爭取具體的改變，現在不妨重視情感上的表達和行動上的表演性質……

在某個意義上，「Now Generation」的想法是對「戰後嬰兒潮」世代那一套的否定。在苦無出路之際，主張來一次顛倒，確實有其賣點。但效果如何，很快便要面對社會大眾（正因為他們講求即時轉變，那又的確很難說服群眾要耐心和長期等候，他們的行動的效果應該很快便呈現在大家眼前），給大家一個交代。

這是「Now Generation」給自己提出的一個難題：既然放棄（對之前幾代人的）等待，那為甚麼其他人又需要對他們有耐性呢？

至於何謂「Now Generation」？他們的政治議程（如果有此需要的話）又是甚麼？再談。

眾人皆醉的 true believer 一代[1]

偶有機會跟年輕人聊天，覺得他們很有個性。舉例：跟十個人聊聊，八九個認為眾人皆醉，一人獨醒；另一兩個呢？則不太關心周邊的事情，搭不上嘴。當然，覺得自己較為清醒者，不一定是活躍分子——他們提醒我，「花生友」便很典型及經常擺出「眾人皆醉」那種姿勢的。的確，跟他們聊天的一種有趣經驗，是談了大半小時，以為他說灑熱血是講自己，後來才知道那是他對別人的要求。不過，反過來，也有的說話不多，也講不出甚麼一套說法，但在現實中，他不多想便跑到火爆的衝突場面，成為群眾的一員。

一位年輕朋友解釋他是在「後 2003」的環境裡成長的。以前，「戰後嬰兒潮」世代以及他們父母那一代人，雖然不一定是所謂的政治冷感，但每談到公共社會事務，大多謙稱自己不懂，或將語調壓低一下，把話題所觸及的種種，可以跟個人保持一定的距離。那可能是怕事，也可能是虛偽，但更多是知道這類交談會觸及立場、利益、觀念，需要小心處理，如無必要，還是拘謹一點為妙。

「後 2003」的兩點轉變

2003 年「七一大遊行」之後，整個社會環境、氣氛都改變了。成年人的世界也跟著改變，明顯的有兩點：一是特區政府及它所代表的秩序，失去了權威性；二是整個論述環境轉變了。以前公共社會議題是收藏起來的，現在是各抒己見：反建制的當然罵，但建制的也常罵。由從前小心翼翼，到現在「大鳴大放」，不是對或錯的問

1　本文曾於 2017 年 1 月 8 日在《明報》發表。

題，也沒有所謂的好與壞，而是這就是一個新環境。體制的機構、代表人物要檢討的是，為甚麼沒有在特區政府權威尚未衰落之時，做好意識形態重建的工作（為甚麼推「愛國論」失敗？為甚麼「大國崛起論」在本地環境無法成為主導論述？），而民主派／泛民／反建制派也需要檢討，為甚麼他們曾以「政治光環」為號召，但慢慢感召力消失，不再被群眾視為一股代表政治道德的力量呢？

「後2003」的社會政治環境，可以看作舊有秩序的崩潰，也可視為一次文化政治能量的釋放，這視乎是從哪個立場、觀點來理解過去十多年來的轉變。但可以肯定的是，政治個體形成了。而有趣的是，這個政治個體很個人化——價值、道德、立場、態度很受重視，甚至是評價的標準。

這帶我們的討論回到初段的觀察：年輕人有那種「眾人皆醉」的想法，不足為奇。「戰後嬰兒潮」世代也自視甚高，甚至自覺是精英，意圖指點江山。不過時下年輕人並不一樣。他們絕少會自我形容為精英（那是禁忌，對他們來說「精英」是百分之二百的負面用詞），但每一個人都覺得自己較別人更為堅持，更不會離棄初衷，更不易妥協，更願意付出……更真。動機很重要，而在自己眼中，其他人總是有點問題（由別有用心，到有可能放棄理想）。他們衡量、比較的時候，參考的重點是放在個人的因素之上——立場、動機、執著的程度等——而不是能力上的差異；他們對人懷疑，除了自己及很熟悉的一些人之外，其他人都是軟弱和有可能中途放棄的。

「不可為而為之」與機會主義

新一代年輕人不會像「戰後嬰兒潮」世代般覺得自己既然是精

英，比其他人看得更長遠、更宏觀，於是可以（應該）扮演領袖的角色。所以，他們不會要求發展出指導實踐的理論：對形勢有更好的掌握，對策略有更好的運用，這也不能提升政治道德的能量；而事實上，在他們眼中，政治道德的來源不在於對問題、矛盾的界定、判斷，也不在於預期的成果（所謂的成功爭取），而是「不可為而為之」。存在挫敗的風險，更能提升行動的感染力、呼召力，因為那才是對個人在立場、道德、投入、執著等方面的考驗。至於手段——目標的計算與評估，則是很典型「戰後嬰兒潮」世代的機會主義本質——有沒有成功的把握竟然會被視為重要的考慮，而不是由終極關懷出發，追求徹底的改變。

從這個角度來看，我們會明白，為甚麼「戰後嬰兒潮」世代的領袖，統統都是反面教材。他們明明是妥協，卻說成是長遠打算，又或者爭取短期成果；他們明明是貪生怕死，卻以甚麼策略考慮、理論反思為藉口，迴避眼前緊急的形勢，不採取行動；他們明明不善於即時回應、衝擊權威，卻又批評別人盲目衝動；他們明明沒有甚麼綱領、目標，卻把自己美化為甚麼寸土必爭、長期鬥爭；他們明明沒有很鮮明的立場，同時又永遠講不清楚有甚麼政治、道德承擔，卻一天到晚將別人的想法、行動套入自己的所謂傳統之內（簡而言之，抽水也）。

信念先行與三思而行

如果「戰後嬰兒潮」世代是「馬基亞維利型」，則新一代人是「true believer 型」。所謂 true believer 者，不一定指他們相信的東西更真，也不一定表示他們更真心相信自己所信的東西，而是他們強調

「信」。「信」和行動中所釋出的「信」的意思都很重要——要以行動來顯示「信」，要義無反顧、沒有猶豫，要表現出沒有再思、三思的必要，要勇往直前……這跟「馬基亞維利式」的想法和做法，形成強烈對比。

這是對自己、對別人很高的要求。但這也有一種有趣的效果，就是我們現在時常會見到一些一個人的「傻勁」、嘗試、努力：一個人的慈善事業、一個人的NGO、一個人的社會服務等等，以一己之力和很純正的理念，懶理旁人如何看待，信念先行。這是道德的力量。

「戰後嬰兒潮」世代會擔心這是否螳臂當車，又或者恐怕得不償失，「true believer型」的新一代會覺得做了再算，行動最實際。前者思前想後，後者認為要立即行動。

「true believer型」的新一代重視感性，要把情感表達出來。這些東西對「戰後嬰兒潮」世代都是相當陌生的，他們在成長過程中，培養出相對收斂的個性，不是不可以大情大性，但要有分寸，在別人面前要適當地收斂一下。

「戰後嬰兒潮」世代有他們的時間框架，按部就班，有一種秩序，有因有果，要早作準備，要考慮投入多少……但這對時下的年輕人似乎已失去了說服力。「true believer型」的新一代要求：現在！立即！「戰後嬰兒潮」世代會對此感到難以理解，覺得莫名其妙；而「true believer型」的新一代就會批評他們不要再只顧著計劃、安排先後次序等等，以此作為迴避的借口！

「呵呵！玩認真嗎？」[1]

最近跟兩位年輕朋友聊天時，我表示很佩服他們的耐性。他們追求「真改變」（意思大概是徹底的轉變），但每天都要忍受在不完美的制度、環境裡生活。在某個意義上，那個「真」字很沉重。「真」的尚未來臨，那麼自己面前的不都就是「假」的嗎？每次睜開眼睛時，見到的都是「假」的、不應存在的東西。可是，那些「假」的東西又不會立即消失，反之成為了生活的一部分，同時也成為了自己的一部分（而正因為有自己的參與，一切「假」才會繼續運作）。我半開玩笑的說：每天都要否定自己，不會覺得很難受嗎？

他們很好奇的望著我：「玩認真嗎？」

信一覺醒來　壞制度崩盤

的確，有需要認真嗎？如果自我定位為「廢柴」，那可以即時輕鬆一點。又如果自己的行為、動作跟這個很不妥當但須繼續運作下去的現實沒有半點關係，那麼在日常生活中不嘗試去做得好一點點，改良一下，也沒有甚麼所謂（將不合理、不妥當的制度和做法做得好一點點，反而不能將它們最醜陋的面目暴露出來，那又何來最終令大家覺醒，將它們徹底改變呢？所以，要求自己在一個不合理、不公義的制度下很認真和負責任的做好每一環節，實在沒有這樣的必要）。

只是，夜闌人靜之時，總會想起，平日沒有做好小角色，真的跟不合理的事情持續發生沒有半點關係嗎？又或者，我一直以為

<hr />

1　本文曾於2017年1月15日在《明報》發表。

年輕人口中的「一事無成」、「其實好廢」是指我們「戰後嬰兒潮」世代，而不是後來的幾代人。如今以自我定位為「廢柴」作為一種解脫，今夜豈能安睡？

於是，年輕朋友提醒我：不要以為現狀一定不變、屹立不倒！現在我們眼前所見到的一切，隨時會煙消雲散、全面崩盤。轉變大有可能即時發生。一切的不可能，一下子便可以扭轉過來。到時候，你便知道原來自己一直站在錯誤的一方！

但在崩潰出現之前，每天早上起來，都需要再面對那個殘酷的現實。這樣的心情一定很沉重——一切希望將會在睡眠的時間中發生，但願一覺醒來，已經變天。

變天之前該做些甚麼？

可是，在變天之前，應該做些甚麼好呢？

當然，問題是其他人沒有做好。「true believer 型」的年輕人會怪責身邊其他人「裝睡」、「港豬」等等，都是拖後腿之流。説來奇怪，這種批評其實很有「政治先鋒」思維的特色——有人「思想落後」。理論上，「Now Generation」作為「戰後嬰兒潮」世代的批判者，是「反精英主義」的；但當他們批評其他人的時候，又總是掩不住他們的「精英主義」本色——因為有人「思想落後」，所以這個世界需要有像他們般的先導者來啟蒙，令「港豬」覺醒。

「true believer 型」的年輕人內心擁抱「精英主義」，這本身可能沒有甚麼問題，但掛著「反精英主義」旗幟來搞「精英主義」，則未免會令人覺得有點尷尬。

這是自相矛盾。

「呵呵！玩認真嗎？」

我總覺得「Now Generation」給自己提出一連串難題。

追求「最真」改變的煩惱是，面前的選擇一般都不是「最真」的東西。面對這樣的情況，究竟應該堅持原則，沒有半點妥協？還是盡量爭取相對地「真」的東西呢？在未取得「真」的轉變之前，就苟且偷安？還是那其實也是爭取更大轉變的準備工作呢？

對「Now Generation」來說，前人的不足和失敗已經是明顯不過；否定前人的做法，不但是理所當然、合情合理，而且也是最有說服力的選擇。

以前講的是等待，現在要求立即。有這樣的想法，未嘗不可，不過問題的癥結不在於是否實際，又或者有沒有可能，而是在操作上難度甚高。要將對手完全毀滅，自然講究實力。對自己的實力充滿信心，這是可以的，只是如果估計錯誤，則是盲目衝動。要成功完成這件艱巨的工作，要動員各方的力量。

其中一種是跨代的動員，但我在第一篇裡提到，「Now Generation」的那套話語和想法，根本難以說服「戰後嬰兒潮」世代。

另一種是在同代人之中深度動員，而這同樣是十分困難的工作。值得留意的是，同代人的內部對話其實遠較想像中少。理論上，「Now Generation」（作為「戰後嬰兒潮」世代的反面）應該是更為多元，各自有獨立思想，更包容和尊重不同意見，有更強的「利他」取向，有更多終極關懷……但到目前為止，這似乎只是理論上

的假設，多於我們在現實的實踐中所能觀察到的特質。在缺乏同代人之間的溝通、對話、辯論之下，通常我們所見到、聽到的，恐怕只是同代人內某些意見和聲音而已，僅是部分人自行選擇的實踐的方式，而不是代表著整代人的整合、連結。大概就是這個原因，「Now Generation」有的是動作，在這處或那處「爆」出了這種或那種主張，而不是他們一代人面向其他人的議程。

不求速戰速決就是出賣初衷

同樣在操作上屬於高難度的問題，是如何在推翻現狀前，持久反抗。「Now Generation」會希望可以速戰速決，但現實上這未必——又或者通常都不會——發生。那該怎麼辦呢？一是繼續追求速戰速決，而任何跟不上的，都是不可靠的妥協分子，拖革命後腿，不符合成為同路人的道德要求。二是調整做法，嘗試在現有架構中找個位置，但這又不符合「Now Generation」中「true believer 型」的個性，要從道德高地走下來，那等同於背叛、出賣初衷。身體上或者想轉彎，但思想上沒有轉彎這項選擇。「true believer 型」的個性重視表達、情感上的釋放，過程中的滿足感遠遠重於短期的鬥爭成果。要求「Now Generation」壓抑情感和表達的衝動，而去計算、部署，實在有點困難。

從這個角度來看，覺得現狀隨時崩潰的想法（或假設），的確有其吸引力。有這樣想法的話，上面所講的兩個問題便立即不再是問題了。策略？其實是那些打算妥協的人才會關心的問題，是他們退場的藉口。與其從一個有時間觀念的角度來思考轉變（於是會想到甚麼漸進、改革等），不如快閃一下。

不停快閃又求徹底改變人生太沉重

所以，作為「戰後嬰兒潮」世代的一員，我是真心佩服「Now Generation」的豪氣。我完全不能想像在自己在二十多歲至六十歲之間的三十多年裡，可以不停快閃，每天想像制度隨時崩盤，而同時又將目標放在徹底的轉變之上。這是很沉重的人生，還要持之以恆，一直走幾十年，真的很不簡單。要堅持三年五年已很困難，但他們似乎不覺得這應該是一個問題。可以想像，作為「true believer」，他們又怎可以接受自己當「逃兵」，改變初衷呢？

相比之下，回想自己在二十多歲時，能夠完成博士課程，在大專找到教席，開課時不開騙學生的書單已很好，又認為做人要爽，那真的太小器了。

「呵呵呵！你還在！？真玩認真嗎？」

中年人看「一國兩制」：
回應八十年代焦慮的未來藍圖[1]

　　跟不同年齡的朋友談「一國兩制」，強烈地感受得到代與代之間的差異。對年輕的朋友來說，在上世紀八、九十年代，憑著那內容簡單的《中英聯合聲明》、《基本法》而竟然可以在一個極不安定的環境裡，令當時的港人暫且放心，實在很難理解和想像——一名年輕人對我說：「你們那一代的腦袋肯定是有點問題！」至於對很多已屆中年的朋友而言，完全不能理解為甚麼時下青年人會對國家充滿戒心、諸多抗拒。他們都是改革開放（或應說是已深化的改革開放）以後才出生的一代，理應見到國家改革的成績，而對它的未來十分樂觀才是，何以情況卻剛好相反呢？

不同世代　不一樣的理解和想像

　　理由很簡單：那確實是不同世代在經歷上，以及他們所要面對的問題性質有所分別的結果。簡單的說，不同世代需要面對和解決的問題完全不同，各有很不一樣的問題意識、理解和想像。而在香港，說來諷刺，從來沒有一個單位、機構，會正面面對來自不同社會背景、年齡層的各種各樣的提問，並從不同角度來解釋基本法、「一國兩制」的成就、矛盾與問題。二十年來沒有認真的在這方面做工作，效果自然是相當失敗——無論對持哪一種見解的人來說，都會覺得（基於完全不同的考慮）令人失望。

　　年輕的朋友覺得很奇怪，為甚麼1984年的《中英聯合聲明》（那

<hr>

1　本文曾於2017年4月21日在《明報》發表。

不就是表明香港再無其他選擇，一定要回歸中國嗎？）能紓緩當時的集體憂慮？當時香港作為懂得「生金蛋的鵝」，香港人不是應該乘中共要搞「四個現代化」、經濟特區的機會，而提出更多要求嗎？但現實反而是大量中產階級移民走人、以尋找「太平門」作為個人解決問題的方法。在眾多年輕朋友之中，部分人是不了解曾幾何時很多香港人會擔心中英談判失敗，有可能出現北京單方面宣布收回香港的局面。《中英聯合聲明》的簽署的確是確定了九七回歸的事實，但這也表示1997年7月1日之前，香港社會不會一下子發生制度上的突變。在這個意義上，它為當時的憂慮，提供了一個答案。至於九七之後，亦有基本法來保證香港以特別行政區的方式成為中國的一部分，「保持原有的資本主義制度和生活方式，五十年不變」。這並不一定是大多數人會認為是理想的安排，但它確實是在各方妥協下相當實際的安排。

政治妥協的結果

「一國兩制」是政治妥協的結果，這表示沒有任何一方取得絕對的優勢，能將一方的意願完全加諸於其他人的身上。對北京來說，它要接受香港的資本主義制度不變，令它的社會主義制度內存在一個跟它的意識形態完全相反的社會經濟系統，而且在運作上，使它要面對不少限制，不容易直接操控一切。當然，這一種妥協也能為北京帶來好處：如果接收回來的香港不是資本主義市場制度，不能繼續發揮其經濟價值與貢獻，也就沒有甚麼意思了。至於英國，在上世紀八十年代，將殖民地交還給一個社會主義及威權統治的國家，能通過談判，而且還取得維持資本主義制度不變的保證，算在

國際政治舞台上有所交代。而在香港社會裡，不同社會階層反應不一、各有打算 (當然也包括了無奈地接受現實的群眾)。但「維持現狀」是當時的主調，能將改變減至最少，是可以考慮的選擇。

「維持現狀」似是最佳選擇

在上世紀八十年代初，當香港面對中英雙方就前途問題展開談判之時，基於對中共及社會主義的恐懼，香港社會上的主流意見 (無論是否認同香港乃中國的一部分) 是要保持現狀不變。「維持現狀」似乎是最佳選擇，原因不在於現狀是否十分理想，而是如果當時的狀態可以不變，那麼香港人和香港社會就不需要面對一個更為不確定的未來。在這樣的大前提底下，結果是我們給香港社會制定了一份不能一次過滿足各種期望的未來治港藍圖。我說是「我們」 (意思是「香港人」作為一個集體)，並非想為當時一些建制內的保守派及其思想掩飾。當然，1997 年前曾有「資產階級出賣了香港」之說，當中也並非完全沒有道理。但若然我們因此而以為當年很多想法，只因既得利益的取向保守和抗拒轉變，以至整個九七過渡的安排追求不變，則肯定是將問題簡單化了。我在前面之所以說「我們」，乃因為在八十年代的香港，社會各界 (不要忘記，連親中人士也大量移民) 均不想改變現狀。那種爭取保持現狀的強烈要求，成為了思考和進行改革的重大阻力。當時有的怕共產黨，有的怕改變長年殖民管治下的利益分配及其相關的制度，有的認為要防止所謂「社會福利派」抬頭，有的反對民主化，亦有不少人想過延續英殖管治。總之，各種恐懼、憂慮皆有。「將轉變限於最低程度」成為了當時最多人的共同意見。出現一份現在於不少年輕人眼中不夠進取

的治港藍圖，恐怕是當時的主流意願。當時在絕大部分人的心目之中，所謂「九七回歸」最好就只是形式上更換國旗（區旗）、國徽（區徽），其他一切照舊，沿用過去的制度與安排。

在那個時候，大多數人（恐怕也包括了沒有甚麼財產的「打工仔」）最關心的是保持「兩制」——重點是「不在香港實行」內地的社會主義。要體現這樣的承諾，將來香港特別行政區是由港人來治港，防止出現「京官治港」（基本法第44條），而且在運作上是「一個享有高度自治權的地方行政區域」（第12條）。在日常生活層面上的核心問題，是保留原有法律（第8條）和「保護私有財產權」（第6條）。而在「保護私有財產權」這問題上，心思特別細密：當中似乎特別擔心中央會否在港徵稅（第106條）、將來由誰支配香港的外匯基金（第113條）、會否藉詞徵用個人的財產（第105條）、省市單位會否干預香港事務（第22條）等。法治和私有財產權的保護是當時很多人心目中最基本的制度保障。

當年港人心裡的最大恐懼

而同樣重要的是，香港擁有市場經濟。那是在香港行之有效的制度，也是當時港人以為北京最不熟悉的東西。在這種想像中的香港和內地的互動，市場經濟既可以是香港進軍內地的「武器」（因為對方既欠資金，又缺對世界市場的認識，而它處於市場改革的初階，肯定需要香港的幫忙），也可以是一幅「防火牆」，因體制上的差異，而令兩地保持分別和差異（而當北京意圖進入時，亦會因為香港人熟悉市場經濟，而可以事事處於上風）。

保障私人財產、維持法治、繼續現行資本主義市場經濟、生活方式不變，而香港又可由港人管治，那差不多就是當時很多人心目中的「高度自治」。當然也有人要求民主化，但恐怕只是部分。當年香港人心底裡最大的恐懼，十分集中於「兩制」的分別：「一國兩制」要解決的核心問題是「資本主義 vs. 社會主義」。

中年人以另一種框架理解國家

同時，在八、九十年代的香港社會，儘管大多數香港人都不想正面面對政治前途的問題，他們始終仍可想到一些東西，幫助自己減輕焦慮。在那個時候，香港人對內地的抗拒和恐懼，很大程度上是建基於過去（由家庭的經歷到個人直接的經驗）。雖然存在恐懼，但卻總有辦法可以令個人在心理上好過一點。一種方法是移民——這是一種購買「政治保險」的做法，將來無論發生甚麼事情，個人有辦法抽身而去，毋須因政治環境有變而承受風險。不過，在香港的人口之中，只是少數人具備條件移民到另一個國家，而對大部分港人而言，他們並沒有選擇這一種手段的可能。對很多未能移民的港人來說，他們面對香港政治前途不明確的回應，如果不是無奈的話，便是將希望寄託於當時似乎逐漸走上軌道的開放改革之上。

作為寄託，那自然很大程度上是主觀願望，而在八十年代過渡至九十年代中間難免會受到內地政治形勢變化所影響，而不是一直保持樂觀的。1989年的「天安門事件」所帶來的衝擊，是筆墨所難以形容的：武力作為政治的最底線，完完全全地暴露在所有人的眼前。對中國的威權統治，再難言任何信任。事件過後，很多港人加快辦理移民。不過，我們也要明白，共產黨領導和中共政權並沒有

因為發生「天安門事件」而崩潰，反之年後在鄧小平「南巡」之後，改革開放加大力度，並且帶來了更快速的經濟增長與發展。於是，在逐漸接近1997年的日子裡，對於中共的憂慮雖未至於完全消除，但可以憑著經濟改革的速度、社會走向自由化的步伐，作為新的衡量、評估形勢的標準。

這也就是說，相對於時下年輕一代，中年人是以另一種標準、參考框架來理解國家。從「毛時代」到現在的中國，中年人士看到最大的改變。（年輕一代的反應是：「開口埋口都係內地不斷進步！」）他們不一定對九七後的香港很滿意（一定比例會對民主化步伐感到失望），但某些憂慮已經不再存在，這也是事實。

由一種不確定性轉為另一種不確定性

但現在從年輕一代的角度來看當前的情況，則是由於對現在的處境和對將來的想像，而令人躁動不安。今天，香港已成為中國的一部分，理論上已不再存在舊時那種對於回歸的不確定性的憂慮。是好是壞，基本上都已成事實。不過，問題是「回歸」本身未有解決港人對不確定性的憂慮。或者我應該這樣說：「回歸」為香港帶來了新的不確定性，由一種不確定性轉為另一種不確定性。關於年輕一代的憂慮，我在下一篇文章再談。

年輕人看「一國兩制」：
追求另一種生活方式 [1]

曾幾何時，大家對「一國兩制」的關注焦點，在於「資本主義 vs. 社會主義」。當時對大部分香港人而言，老一輩的對1949年後內地的經濟制度的巨變，以及後來各場政治運動記憶猶新；較年輕的則了解「文化大革命」帶來如何巨大的傷害，而同時亦經歷過六七暴動前後的香港。對這些香港人來說，基本上不想中國式社會主義應用到香港。在這個意義上，一國兩制是一種限制社會主義進入或影響資本主義香港的安排。當中重要的保證是香港於回歸後，儘管將會成為社會主義中國的一部分，但仍然可以繼續實行資本主義經濟。而在個人及企業層面上，私有財產權將獲得保護。當然，根據當時的想法，要香港的資本主義經濟如常運作，還需要有原來的法律制度的配合，和對個人權利、自由的保障。

不「畫公仔畫出腸」的脆弱

當時大部分人的假設是，基於各方的種種利益、考慮，以及面對政治現實的妥協，香港的另一制要在中國的大環境裡持續發展，乃建基於資本主義與社會主義的區隔，和香港繼續發揮其實際經濟功能與效果之上。在這些前提之下，構思兩制的過程中，除了原則性地提出體現主權（最明顯的是關於解放軍在港駐軍的安排）的需要，以及寫下種種預防中央在港徵稅、動用儲備等等預防性條文之外，其實著墨中央與特別行政區關係的，較想像中（甚至是實際

1　本文曾於2017年5月5日在《明報》發表。

需要的）為少。當然，在特別行政區的概念中，不可能沒有國家主權的部分（否則它本身就是一個獨立的體系了，更沒有需要處理它特別之處）。與此同時，也不可能沒有中央政府的位置與角色。問題是在一段相當長的時間裡，似乎北京與香港雙方都未有將事情講清楚。

曾經廣泛被引用的「河水井水論」，假設中央與特別行政區之間存在一種雙方心照不宣的界線，只要單方不主動越界，另一方不受騷擾，彼此儘管有著很不一樣的制度、取向、行為模式，但可以相安無事、和平相處。明顯地，這種彼此心照不宣、不打算「畫公仔畫出腸」的理解，不單止有其脆弱性，而同時亦會隨著形勢與關係的變化而轉變。而今天香港要面對的一大挑戰，正是中央與香港社會雙方如何重新建立一種彼此都能接受的關係。

在很大程度上，現在很多人（無論是香港人或內地的法律專家）在講兩制時，他們的關注點在於中央與特別行政區的關係，而不是以前「資本主義 vs. 社會主義」的兩種社會經濟制度。從這一方的角度出發，他們認為說法其實有法可依，不是無中生有（見諸《「一國兩制」在香港特別行政區的實踐》白皮書）；而在另一方的眼中（尤其是年輕一代香港人），則覺得中央與特別行政區之間的矛盾愈來愈明顯了。奇怪的是，雙方似乎都沒有興趣和打算回到當初為何要給予香港特別行政區高度自治的妥協基礎，並重新了解究竟雙方應該容許怎樣的空間的存在。現在大家的關係都十分繃緊，中間沒有虛位、鬆動的空間。

年輕人的追求　不在於經濟制度

據我有限度的接觸而得出的觀察，在多數年輕一代的香港人之中，大多沒有太認真想過一國兩制的「資本主義vs.社會主義」的背景。按他們的認知，內地早已開始市場化，而且無甚規範，但通過市場而進行的行為（食物安全欠保證就是一個例子）比比皆是。所以，他們不覺得資本主義本身可以對香港產生怎樣的保護作用。事實上，從他們的生活經驗中，今天內地大可通過市場來支配香港——內地遊客在過去十年大幅度增長是經濟行為，出現奶粉短缺也是通過市場而發生，而近年內地財團高價收購香港地皮（例如啟德）亦一樣是市場行為（儘管其背後的邏輯跟一般市場行為有異）。在他們的理解中，「資本主義vs.社會主義」的框架沒有甚麼意義；如果內地和香港存在問題，那就只有中央與特別行政區的矛盾。上一兩代香港人的關注點在於個人財產與自由的保護，而現在年輕一代的焦點則在於民主、文化與身份認同。後者也追求香港有別於內地，但不在於經濟制度，而是真的是另一種生活方式——單純維持資本主義制度，也不能保證就可以有的生活方式。這些追求特別強調情感性、表達性，跟之前在八、九十年代所重視的利益保護並不相同。

從九七走過來　焦慮不斷加深

如果從上世紀八十年代走過來，很多變化令上一兩代香港人就算未有完全消除種種憂慮，起碼也將原來最大的恐懼，變為不會全面失控，令人身家性命難保。但年輕一代從1997年走過來，則是焦慮不斷加深。社會建制要麼動之以情，大談民族感情，以國家復興

為榮；要麼動之以利，大談內地機會無限，要抓緊機遇。結果呢？似乎差不多完全無效，在個別情況甚至是產生了強烈的反效果。

對於這個狀態，社會各界一是不會正視，不然就是視而不見。沒有興趣了解為何存在分歧，也不想去縮短距離。看情形，這樣的狀態還會維持下去，甚至將會是一段不短的時間。

第三部分 | 沒有對話

　　對很多人來說，坐下來討論問題、交換意見、對話，費時失事。但面對問題、困難的時候，我們又的確需要把事情談清楚。而時機一過，便不會回來。到時要談，恐怕由議程到題目、參與討論的人都已經變了。

衝擊立法會超出和平抗爭範圍[1]

我承認自己的思想保守。如果「反高鐵」的圍堵行動也不算是衝擊立法會，而整個過程也只不過是另一種和平的抗爭，那我相信我們已經改變了一貫對社會秩序的定義與理解。衝擊立法會的做法超出了和平抗爭的範圍，而對於這種抗爭的手段，我不表贊同。

讀者可以批評我這一類人對議會政治抱著一份愚忠，竟然可以接受在一個不公義的制度下，玩少數服從多數的遊戲。在批評者眼中的愚忠，我視之為議會民主的規範和倫理。假如今天我們可以接受以真民主之名，來衝擊被視為不代表民意的立法議會的做法，他朝到另一種主張群眾舞動他們的政治旗幟，來圍堵一個由民主派（或自己所支持的政黨）取得多數的議會，我們便無話可說。規範與秩序並不只是某一方的壓迫他人工具，它同時也保障到另一方；它不但會束縛我們，也可限制反對我們的人。全面否定規範與秩序，大家都要付出很大代價。

以民主程序追求民主

我當然明白，對很多人來說，在短期之內，根本不會出現民主派執政而受它的反對者所衝擊的可能性（因為我們的選舉制度難以產生這樣的議席分配），所以，也就沒有需要諸多顧忌。而在他們眼中，目的可以令一切手段都變得合理，既然目標正義，那就不必拘泥於甚麼規範、倫理了。對於上述意見，我要強調：不顧議會民主的規範和倫理，最後一定不會達到大家共同追求的真民主。追求

1　本文曾於2010年1月19日在《信報》發表。

真民主的人，既以民主過程來爭取達成目標，亦要接受民主程序、規範對自己的約束。就算特區政府如何令人討厭，我們也不可以因此放棄議會民主的規範和倫理。

我也聽到一種意見，表示圍堵立法會的行動，百分之九十八的時間是快樂及和平的抗爭，只有少部分人會較為衝動，嘗試一些較多衝撞的動作。而電子新聞所看見的鏡頭，是傳媒的誇大與扭曲，並不反映整個行動的全貌。持這種看法的參與者視整個過程只是個人表達情緒與意見的過程，因此也不怎在意社會大眾對事件的回應。但現實是，社會大眾不會區分那百分之九十八與另外的百分之二。更重要的是，就算整個行動自稱不以嚴謹組織為特色，大眾也不會因此而覺得那百分之二的額外動作或部分人士一時衝動的舉動，與大會無關。現實世界很殘酷，只要新聞鏡頭所見的情況並非虛構，社會便會以此來將整個行動定性。如果大會不認同那百分之二的行為，那它便要防止這類事情的發生；假如大會不阻止所謂一時衝動的爆發，也就基本上認同了這種行動。

鼓掌沒有成本

參與者會問：既然如此，那為甚麼社會輿論（有明顯政治立場的除外）並沒有紛紛出言譴責？現在我們所見到的一個「輿論真空期」，不是因為廣大市民一致支持圍堵立法會的行動，而是特區政府民望低落，暫時沒有社會力量會願意站在它的一方。特區政府的政治孤立狀態，令輿論未有必要表態。但這並不等於他們對行動沒有看法。他們知道特區政府持續弱勢，反對行動一定會走向升級，只要爆發暴力衝突，便可改變輿論的導向，界定行動為非理性的反

社會破壞行為。

或者參與者會追問：那為甚麼社會輿論都讚美所謂「八十後」或「自發網民」的一番熱誠與理想呢？我想那恐怕只反映出近年香港人都變得偽善了。很多對年輕參與者的讚賞的背後，其實都留有一手，並沒有完全肯定行動的形式。我當然不會排除很多讚賞乃出於一種欣賞，但更多則恐怕是借年輕人的理想主義去批評特區政府。而這些鼓掌的聲音其實沒有成本，當行動過了火位的時候，他們毋須承擔後果，反而事後可以參與指摘，怪責參與者不知分寸。有時候，我覺得發出這些廉價鼓掌聲的，只是將參與者推向過激行動的邊緣，而不是真正分擔風險的同路人。

組織者須交代行動

最後，問題是：不再採取和平行動又如何？作為一種選擇，這當然只有參與者才能決定。只要說得清清楚楚，讓所有參與者都知道其中意義，並且願意承擔後果，旁人沒有必要干預。事實上，在未來的行動中，參與者的成本或風險是會增加的。經過圍堵立法會之後，特區政府及警方均很難繼續以同樣方式來維持秩序。

他們的壓力來自兩方面：一是持另一種意見的市民會認為市中心秩序失控而警員未能有效執法，需要交代；二是警隊內部也必然有意見認為長期如此下去，前線警員將難以判斷如何執法。兩種壓力均會促使有關當局要向參與行動的群眾發出信息（例如事後發出告票），使他們知道日後若然公然移動鐵馬、衝擊現場都不可能是全無風險的行動。可以想像，在「輿論真空期」過去之後，行動的風險將會是另一種狀況。關於這一點，組織者一定早就心中有數，

亦早有準備。

　　筆者指出存在風險這一點，並非想打擊行動，而是所有行動組織者都有責任向參與者交代清楚。最終是否行動，如何行動，組織者與參與者自有他們的想法，一力承擔。作為結語，只想一再強調，衝擊立法會含意深遠，不是隨便一句說只是要求官員出來對話，便可自圓其說。

我的昔日情懷[1]

　　月前在《信報》發表一篇短文（原來的題目是〈一個關於議會民主的規範與倫理的問題〉，但由編輯改為〈衝擊立法會超出和平抗爭範圍〉），引起了一些討論，更有不少批評。在此我打算對自己的一些想法略為說明一下，中間或會對個別評論作出回應，但限於篇幅，不可能就每一位評論人的意見逐點討論，希望參與討論的朋友不會介意。

　　上星期沈旭暉以〈一個學術時代的終結：第四代學者眼中的呂大樂昔日情懷〉[2]為題，撰文指出本人舊思維、舊框條的落後，當然有值得參考之處。尤其重要的是，讀畢全文，深覺淺白的文字和平易近人的分析概念之可貴。而文中五大要點，乃新近學術發展情報，眼界大開之餘，暫時仍然未能充分咀嚼出其中相關的地方，反而題目中的「昔日情懷」四字，多少點出了我的心情。坦白說，我的確覺得，我們正在放棄好些本來很多香港人都會認為是好的社會元素、處事的態度與方法。而我覺得可惜是，很多時候我們為了要否定大家都很不喜歡的政治制度、政府及其施政，就連一些曾經認為是好的規範、理念也隨便拋棄了。我的疑問是：這樣做值得嗎？如此不惜一切，有必要嗎？這真的是最好的選擇嗎？我在自己文章裡自認保守，主要就是這個意思，因為相信原來的某些規範、處事方式是值得保留的。

1　本文曾於2010年2月8日在《明報》發表。
2　該文於2010年1月31日在《明報》「星期日生活」發表。

我的「昔日情懷」可以分開不同方面討論，就讓我從最簡單的組織與動員的問題開始。

　　我們看待事物的態度、方法是會受到個人成長經驗所影響；我承認，我的成長經歷會局限了自己的視野。在我年輕的時候，大部分活躍分子都會認為有需要為自己有份發動、組織的行動、運動負責，因此每次大型公開行動都設有糾察隊，維持秩序（即以大家事前認同的方式、手段，來爭取共同的目標）。若有不同意見者，一是接受已決定的抗爭方式，暫時放下分歧，以一致行動進行抗爭，不然就是脫離組織，另行在其他機會發動行動，各自以不同方式進行抗爭。那時候，大家覺得在行動的過程之中，總會有「政治部」的人滲透破壞，於是對於過程中的很多安排都小心翼翼，以防人群中個別人士（無論是「自己人」還是破壞分子）有所的小動作，而礙了大事。或者是因為這樣的安排，那時候的行動總是四平八穩，沒有甚麼重大突破，也沒有甚麼驕人的成績。但行動的組織者會為行動過程中所發生的一切大小事情，負上全責。因為要負上全責，如何保證行動能有秩序地進行，是一項十分重要的工作。因此對於沒有跟從集體的決定而魯莽行動的人士，會劃清界線。

　　有人批評我這類想法是列寧主義思想，不合時宜，更有打壓個別參與者的個人自發之嫌。年輕朋友對組織化的行動甚為抗拒，對於他們的選擇，我無話可說。我想指出的問題是：在動員社會運動的時候，我們要考慮的不是個人喜好，而是怎樣從推展運動的角度來估計社會大眾對整個社會運動的一舉一動的看法。重要的問題不在於主要發起團體、大會發言人如何界定他們需要負責的範圍，而是絕大部分不懂後現代論述分析的普通市民會怎樣看待過程中所出

現的激烈行動、手段。是否需要為某些行動負責，這並非發動運動的人士、團體主觀上想如何處理的問題，而是面對整個社會，進行抗爭時必須具備的策略意識。

據我瞭解，在圍堵立法會的行動中，運動內部就曾經對於行動的方式、抗爭手法提出不同的意見，而且有過辯論——至少我曾收到一封電郵，指我在不瞭解實情和不知道有人曾經嘗試阻止衝擊行動而提出批評，有欠公平。所以，我有理由相信，部分組織者曾經思考所需要負責的範圍的問題，並不會因為坊間的輿論，便將問題放到一旁。不過，話說回來，就算有過辯論，但最終仍然發生了衝擊議會大樓的行動，而責任誰屬的問題還是一個有待處理的議題。

正如上述所指，問題不在於發起行動的團體或大會的發言人的主觀感受或提出的解釋，而是大部分市民如何看待種種行動和動作。如果組織者堅信需要統一行動的形式與步伐，清楚界定整個運動的性質，不怕犯上「政治不正確」的罪名，敢與企圖騎劫運動的部分參與者劃清界線，那就算在行動的過程中發生阻止不了的衝擊行動，運動也不會因此而被轉移焦點。我們還需要關注的是，發起行動的團體或參與人士於事發之後拋出來的問題：誰先行不義？(意思應該是既然你不義在先，那麼我的激烈行動又有何問題) 我們阻止不了他們，難道仍要為此負上責任嗎？擲膠樽的是何許人也 (有可能是臥底)，仍未清楚，為甚麼我們又要為此負責？對很多市民而言，他們不會跟你將行動中的不同元素區分開來；在普遍市民眼中，這的確涉及責任的問題。與此同時，個別行動、動作亦會影響他們對運動的印象。發起行動的團體若要自辯的話，只得兩種方法：一是跟某些參與者劃清界線，二是為一切負上責任。阻止

不了、傳媒放大等等（這應該是組織者一早已能預見的事情，而組織者亦十分明白，個別參與者是會在傳媒焦點之下，特別活躍和激動），其實都不是解釋。

沈君當然不會同意我的看法，還舉了一個例子，指我自己也不會為小部分人的行為負責。他說「事實上，呂老主持的新力量網絡〔……〕還不是使用同一模式為其前任主席史泰祖伙拍葉劉淑儀競選，成了組織內的『百分之二』，對此呂老也是不能預防的，似乎他也沒有『基本上認同行動』。起碼在當時。」首先，沈君將史醫生支持葉劉淑儀參與補選和後來兩人合作一起參選兩事混淆了；如果曾引人關注的，是前者而並非後者。更重要的是，就前者一事，新力量網絡只向外界澄清，「新力量網絡乃一所無政治黨派傾向的民間智庫組織，〔……〕基於組織的性質，本會從來不以組織名義支持任何候選人參與任何層級的議會或其他政治機構的選舉。一直以來，就算是會員參與選舉，亦一概不會以組織名義支持參選。」但基本上沒有否定個別會員以個人身份有權以各種形式參與選舉活動，因此儘管外界及會內有人表示不滿，也沒有嚴厲譴責史醫生。

所以，沈君所舉的例子，正好說明我對責任倫理之重視。因為當時會內並無規定會員——包括主席——不可以以個人身份參與選舉相關的活動，我作為副主席便不可以不按規章去處理個別會員的行為；既然事前缺乏預見能力，那便惟有一力承擔，面對組織內外的壓力與批評。當時在很多人眼中，這就等於我認同了他的做法。對我這類強調規範的人來說，絕不能因某些後果而繞過規則辦事。整個組織有所疏忽，就只好硬著頭皮哽下去。事後我們修改了會規，主席不可以任何形式（包括個人名義）提名候選人。必須注意，

新增會規所規範的正是接下來當主席的我。

我想說：這就是我的「昔日情懷」，而沈君應該是難以明白的。對我來說，由於事前未有規定，到出了問題之後，也必須堅持公平處理，不能因內外壓力或意識形態而不依規條做事。那「百分之二」，我哽了。同樣重要的是，對朋友要有情有義。當初沒有事先說明不容許的，朋友做了，對自己造成不便，但我們也不可以為此而反臉不認人，甚至落井下石。在這些問題上，我自認是百分之一百「愚忠」的。

這帶我們到了另一方面的問題：發起圍堵的團體最有力的自辯，應強調是當晚所發生的一切事情，均屬和平抗爭，沒有半點衝擊立法會的意味。可是，由發起行動的團體或大會的發言人口中，我們經常聽到兩種聲音：一是一切和平，完全沒有過激；另一則是承認有些過激，但不是問題（例如只有「百分之二」的人或時間過了火位，不應因此而否定「百分之九十八」；或者已嘗試控制場面但不果，那麼便不應算賬；又或者「百分之二」的肢體衝突，竟然給傳媒放大、扭曲，問題在於媒體，與運動無關）。兩種聲音互有矛盾，至今仍未見到統一的說法。

如上面所言，最有效的自辯應是種種行動都是合情、合法、合理。以沈君的說法，根本「不存在衝擊 vs. 被衝擊」，而理論基礎是「社會現實是由不同個體和群體互動中『建構』出來的，只要我們對自身和外界認知發生變化，社會現實也會隨之變化」。我必須承認，自己完全不懂以上這句理論上應有重大政治意義的金句的意思。我的提問很簡單：假如當晚發生的是由親中和建制派搞出來

一模一樣的行動，來衝擊一個以泛民為大多數的議會，我可以接受嗎？我的答案是否定的。否定的原因是，從制度的角度考慮，我們不應以參與行動的人士及團體的意識形態來判斷甚麼是可以或不可以；制度、秩序、規範的建設不能以選擇性的方法來處事。這也就是說，假如我認為當晚所發生的一切行動均可接受，那麼我也應該認為政敵以同樣方式來衝擊自己支持的議會是可以接受的事情。規範保護敵人，但也保護我們自己。若然今天我們輕易放棄，日後給人運用來對付自己所支持的議會時，將後悔不已。

很多人說衝擊議會大樓外面的行動不能看作是對議會政治倫理的挑戰，有些甚至覺得這樣做也只不過是邀請鄭汝樺[3]跟群眾對話的身體語言而已。我自問對議會是有很強烈看法的，而我真的視一眾議員——儘管對他們的表現有很多不滿——為尊貴的議員。他們的尊貴不在於身份地位，而是就算我怎樣不喜歡他們的政見，還是認為他們不應受到任何威嚇（當然一定有人反駁，當時大部分參與者心平氣和，議員和官員不可能覺得受嚇），影響議事。在立法會大樓外請願、集會、抗議，這當然沒有問題，但要衝入議會大樓，則是另一回事了。說搬開鐵馬不是挑戰警權，而是因為它們阻礙群眾的行動，那是強辯。說當時的衝擊行動沒有任何意圖，純粹表達情緒，別無其他，我也覺得難以接受。

我情願參與者告訴我：做了又如何！當晚所發生的一切，都屬於和平的行動。我覺得面對這樣的解釋，我們還可以將問題交由社會大眾來決定。假如市民都認為日後在其他情況發生相似的事情，警察亦毋須處理的話，我當然也會接受這種對秩序的新理解。我

3　時任香港運輸及房屋局局長，任內推行廣深港高速鐵路香港段計劃。

的理解可能已追不上時代，但確信很多市民對衝擊議會的動作很有意見。

而衝擊行為之所以值得認真對待，倒不是當晚所發生的事情。論對整個抗爭運動本身的影響，衝擊行動或者能夠激發一些參與其中的人士，但並不是「喚醒」了沉默的大多數；而更激動的動作，相信只會將本來同情運動的旁觀者都嚇跑了。但在運動的發展過程中，這時一定會出現激進的一翼，認為只要行動再升級，便可以迅速扭轉形勢。而在這時候，建制的另一方面不可能一次又一次容許對方公然進行衝擊。政府及警方要想辦法防止同類行動出現，倒不是因為如某些報章所言鷹派當道，而是它們內外受到壓力（例如前線警員會問他們日後如何以同樣的方法和態度來維持秩序），會嘗試通過打擊及其他強硬手段來提高參與者的參與成本；這一點是所有組織者、參與者、評論人都應該注意的。我關心的，不是那批衝擊議會的人士──他們不怕犧牲，對一切後果，應在預計之內。況且未能完成整套激進的動作，相信他們也很難放下心頭大石。他們早下決心，只有繼續，很難停下來。問題是站在他們後面的快樂抗爭人士，在一個群眾衝突的環境與氣氛底下，於毫無準備之下捲入其中，便可大可小了。當晚沒有發生，並不等如沒有潛在危險；日後再有行動、衝突，同樣的情況與可能性一定會發生。而來自建制的反擊，一觸即發。

當然，我的觀察、分析不一定準確。但假如我衷心認為潛在上述危險的話，我便有責任提出警告。別人怎樣看待我所提出的警告，我並不在意：講出了要說的真心說話，我已完成任務。有來郵指摘我的言論是為了特區政府、警方未來的打壓行動提供一種合理

化的藉口，幫忙策動反動言論攻勢，我也不覺得怎樣——大概是讀得太多建構理論罷！但必須承認，過去幾星期所感受的討論氣氛，確實渾身不自在。這與我所說的「昔日情懷」有關。

香港從來不是一個很理想的討論環境，一向存在山頭主義、小圈子等等。但不理想還不理想，但總不會將人分類，然後界定立場，往後一連串猜測：問你有甚麼企圖？背後有何目的？究竟站在誰人的一方說話？在過去這一段日子裡，深深感受到這一種猜疑情緒的蔓延。首先，是《蘋果日報》署名「本報記者」所寫的一篇「特稿」，報道指我已受特區政府委託研究「八十後」。如果讀者有細讀那篇特稿，不難發覺該記者並無透露消息來源，亦無向我求證。讀報之後，我翻查自己手機「未接電話」的紀錄，也沒有這樣的來電。有朋友向我瞭解，我的答覆是：這是當前香港社會「新聞創作」的最高表現。至今我仍不知道這是一項甚麼研究，也沒有等待這項委託的來臨。自己手上有兩份書稿正在趕工，卻給人一種生活清閒，等接項目的印象，這要認真檢討反省。

我沒有新聞工作的訓練，不敢說這樣的報道不夠或甚至是違反專業；這要交由新聞界的朋友分析。但有趣的是，本地其他報刊也竟然在沒有向我確認的情況下，引述這樣的「新聞創作」資訊，繼續傳播。至於一些專欄作者，亦樂於引用這段消息，寫出各種各樣的道理來。再發展下去，便在某些圈子之中，有很多聯想；而最容易做的，就是界定我被收編，拿特區政府的錢，計劃將來接受委任之類。從此，這個人已歸類，而他的意見也可以從這個角度來理解他的潛台詞、意圖及意識形態。

眼見這種猜疑情緒在香港社會蔓延，覺得很可憐（我指這個社會變得可憐）。沈旭暉文章的其中一段，正是這種猜疑情緒的濃縮精華版本。他寫：「我們都是《四代香港人》忠實讀者，知道呂老一度表示『作者已死』，謝絕相關論壇和公眾論述，感到十分可惜，也十分悲壯；近月喜見作者復活，名正言順以『四代香港人作者』身份評論第四代，有報道說還被特區政府中央政策組委託研究第四代，身旁那些接受新學術訓練而在當漂流講師、非高級講師、副學士老師、研究助理等恆河沙數的第四代學人，卻未免百感交集。」這一些文字就是時下的一種典型，由猜疑到把猜疑變得合情合理，再由歸類到定型，然後有所判斷，下個結論。關於政府委託研究，前面已解釋，在此只想多說一句：一個研究單位接受政府委託進行研究，這本身沒有問題。只要是能夠保持客觀、中立，不受委託人影響撰寫報告，而報告又可公開發表，我不覺得有批評的必要。我不是受委託的學者，不等於接受委託的研究員就是壞人，他們依附權貴。對人對事，要講公道。

　　我在《信報》發表的文章，在作者名字旁邊附上「《四代香港人》作者」幾個字，其實是編輯未經我同意之下加插的。事後我沒有向編輯追究，一是因為資料上沒有出錯，二是我相信讀者和我一樣，以平和的心情去瞭解別人的意見，沒有必要太多想像、解讀和建構。明顯地，沈君另有一種解讀的方式。對此我也有應負的責任。跟家中第一代長輩談起近期的小風波，她即時的反應是：「那你應該先反省一下平日待人接物的態度，要認真做好教學、研究，否則人家何來這種印象。世上哪有這麼多誤會。」在這個意義上，對沈君的意見，我會視之為忠告、提點。

但在忠告、提點的背後所存在的那份猜疑，則我是不敢認同的。而這個問題並不限於個別作者，而是一個普遍現象。不知從甚麼時候開始，我們變得愈來愈講求「政治正確」——對人對事，是一早區分態度、立場，進行分類；而另一種表現，則是放棄了仔細詳盡，反覆思考辯論的討論方式，取而代之的是一套政治語言（例如很快便由討論上升至追問究竟有無勇氣、決心的政治表態）。在現有的政治環境底下，大家坐立不安，心急浮躁，這可以理解，但事事猜疑卻不值得鼓勵。

這剛好回到文章初段所提出的問題：我相信很多市民（包括我本人）對現時香港特區管治都有很多不滿，認為需要改變。在尋求改變的過程中，障礙重重，速度緩慢，成效不大。這樣的局勢底下，出現各種訴求、主張，完全可以理解。但在爭取更快更大的轉變的同時，出現了一些激烈的言論，我覺得是需要小心處理的。例如有人認為我所主張的議會政治倫理在現存建制底下，已經沒有意思；一個不義的議會所作決定，市民沒有必要接受。另一種意見是，因為這個議會根本不能真實反映民意（例如轉換計算選票的方式，泛民才是大多數），用任何手段進行衝擊，都不是問題。在我看來，這些說話都是講大了：認為這是一個令人覺得絕望的制度，所以只有徹底否定才有希望，這些講話的略策含義只可能是以不同的形式來否定現存有限度的議會民主。我認為這條路線是危險的。

我知道這句說話會引起很多讀者大笑，但我的而且確認為香港的民主——儘管是有限度的——得來不易。它不是英國雙手奉上，也不是北京恩賜，而是長年鬥爭的成果。它不盡人意，更應更快走向更民主，但未至於需要全盤否定。或者我比較悲觀，我從不

認為北京會因為看見議會及其規則愈來愈不受尊重而心痛；它絕不介意出現亂局，更不介意極端保守主義抬頭。很多人以為跟北京角力是一場博奕，我則在另一篇短文裡提及，它是一個絕不介意在一個殘局中慘勝的莊家。對我們來說，它的慘勝可能是香港的悲劇。

或者這個制度、這個政府都很討厭，但我仍然相信我們有過一些理念、規範、共識，是很多香港人都會認為是合理的，並且可以應用到處理重大問題之上的。在規範底下進行鬥爭——從爭取每一個議席到組織「七一遊行」之類的和平示威——不會立即解決問題，但也不見得是寸步難行。改革之路從來都是又長又彎。

暴力衝突的核心問題：
不是「為甚麼」而是「如何回應」[1]

問題的核心不在於年初一晚上參與暴力衝突[2]的人，而是香港社會對這次事件的回應。

我之所以這樣說，並非想迴避對這次暴力衝突事件本身作出價值判斷。在此我可以清楚表明，對於這次暴力衝突，沒有任何可以借詞於「社會的錯」、「和理非非[3]的錯」、「梁振英[4]政府的錯」、「他們已感到絕望了」等等，而將它（像一些評論所指出）「高高的舉起，輕輕的放下」的理由。當晚所出現的暴力場面，無論再作任何解釋（例如說新聞鏡頭只是有選擇性的角度，又或者並不是每一位參與者都曾經擲磚頭等），都是超越了合理抗爭的底線。究竟參與者有何良好的主觀意圖、怎樣崇高的理想，均不可以將其行為合理化。或者在二十年、三十年、五十年、或一百年後政治環境出現變化，會為這件事件提供一個重新解讀的機會，到時按照那時候的政治需要、意識形態來理解它的歷史意義。但這樣的可能性也不應阻礙我們對暴力手段的批評。正如1789年所發生的法國大革命對後世的歷史帶來巨大的轉變，可是這並不等於說它的暴力沒有問題；當代的思想家對此有提出批評，後世的歷史學家之中亦指出當中的後遺症。在批判暴力手段、追求翻天覆地變革而不惜一切的想法等問題

1　本文曾於2016年2月19日在《明報》發表。
2　文中提及的是2016年2月8日（農曆新年年初一）夜晚至2月9日（年初二）早晨於香港旺角發生的警民衝突事件。
3　和平、理性、非暴力的簡稱。
4　時任香港特別行政區行政長官，任期為2012至2017年。

上，我自問是保守主義者。

在我這個保守主義者眼中，將磚頭擲向警員，那恐怕並非只是發洩一下心中不滿的小動作，而是有意傷害他人的所為。或者好些年輕人會問：這有何不可？又或者我也聽過一些年輕朋友所講，如果我們不這樣做，到警員採取行動時，受到傷害的將會是自己。既然這樣，擲磚頭也只不過是出於（先發制人的）自衛而已。這樣的辯論大可永不休止，但捫心自問：那真的是自衛嗎？年輕朋友可能會覺得我這類「離地中產」，迷信社會秩序，沉迷於小布爾喬亞[5]的所謂普世價值，所講的全是抽象的、漠視公義的仁愛，是偽善的所為。但我想反問的是：見人倒地而仍想襲擊，那還可以解釋為不是有意傷人嗎？那是勇？還是惡？

而向新聞工作人員作出言語上的攻擊，或甚至是肢體上發生衝突，也反映出一種態度——部分參與者會覺得可憑自己的政治價值、信念，而界定哪些記者不需要尊重（例如受攻擊的是他們口中的「CCTVB」[6]員工）。在他們看來，記者採訪的權利似乎是可以商榷的。這一種態度的流露令人擔心。我擔心的是，當晚在旺角所見到的情況，是有人堅信他們的政治想法（其實很多都談不上是政治主張，更遑論是意識形態）可以凌駕於普世價值之上；採訪的自由並非絕對，而是要通過他們的檢測。坦白說，這一種對待他人及事情的態度，理論上應該是時下青年所痛恨的。他們極不喜歡中共，因為他們認為共產主義者（及其政黨）往往自以為擁抱真理，而可以按其意識形態來對人對事。香港社會和香港人在過去多年以來，

5　小布爾喬亞（petite bourgeoisie），小資產階級的別稱，簡稱「小資」。
6　香港網民對電視廣播有限公司（TVB）二次創作而成的稱呼。

一直很努力的嘗試打造一個意識形態和價值判斷盡量不會干預日常生活的社會制度。我們之所以會這樣做，很大程度上跟其（或上一輩）的移民經歷有關——他們來到香港，希望自己及家人可以在一個可免於政治運動，由自己支配（儘管並不容易，同時我們的社會亦存在不平等）生命的環境裡生活；沒有人可以以意識形態、終極價值之名，而影響另一個人的生活。今天，諷刺地，一些揮舞著革命旗幟、進行反宰制的人士，在尚未革命成功之時，已對「反革命分子」毫不客氣了。我想說的是，很多以正義之名而動手的青年，不知不覺地走向了自己的反面，成為了他們最為痛恨的同類！有時候我在想：他們一直批評別人為裝睡的人；但他們自己何嘗不是成為了夢遊人呢！

回到本文的第一句：我們現在最值得好好研究與思考的問題，不是為甚麼會發生當晚的暴力衝突（香港社會存在的深層次矛盾，我們大大話話談了十年；冰封三尺，非一日之寒，我們早已懂得這個道理），而是整個社會怎樣回應這次事件。到了今天，香港人實在有需要對自己坦白。坦白之一，是我們一直以為香港社會和香港人重視秩序，不會輕易動手動腳，其實那恐怕只是我們的期望，多於現實。一來「香港人」一詞從來都是眾數，而並非完全一致，無論如何不情願，我們都要接受已經爆發這類行動的事實，而且相信亦不會是最後一次。二來舊有的規範與秩序，其實建基於一個遠較我們想像中脆弱的基礎之上。所以，換轉另一個角度來看，今次旺角暴力衝突事件事最需要冷靜思考的地方，不是為甚麼會發生這樣的事情，為何香港社會出現了採用這種手段和提出這種主張的人。坦白說，香港作為一個擁有七百多萬人口的城市，當中有數百至

一千多人認為需要以暴力的方式來改變社會，實在不足為奇。過去香港人以為自己只重經濟，不重視意識形態，理所當然的以為絕大部分市民都接受所謂的社會主流思想，多多少少是有點自欺欺人。隨著政治進入我們的日常生活，各種各樣的政治想法自然而然地在民間的各個角落出現。過去在一段相當長的時間內，我們假設甚麼「建制」、「泛民」、「免費午餐派」、「保守派」之類的分類已足以涵蓋現實的政治光譜的所有類別，那很大程度上只反映出我們在政治思維方面未見成熟，同時也顯示出部分香港人一廂情願的自我感覺良好——每次在公共領域見到偏離於主流的行動、行為時，大家（由新聞媒體到意見領袖）總是急忙出來澄清，表示那只是偶發現象或極少數人士所為，而很少會問：那類做法能在社會上產生回響嗎？同樣，當在公共領域聽到「港獨」的口號時，大家的第一時間反應是去淡化（也是説那只是極少數、毫無代表性的言論，有時甚至代為解釋，所謂「港獨」其實並非「港獨」），而很少會承認那恐怕的確是這個社會所存在的一種想法。這也就是説，我們以為既有的分類、框框已足夠理解各種觀點、主張，對於偏離於主流的便以淡化來回應，不然就假設舊有理解、共識仍然絲毫未變，而未有認真去理解。但現實是，重大的改變已經發生。今天，我們需要坦白承認，這樣那樣的想法、主張、口號全部早已「流入市面」。我們需要研究的是，究竟它們在社會上能引起多少回響？有多大的影響力？

我的提問很簡單：發生了旺角暴力衝突事件後，香港社會如何反應？我明白，很多朋友對這個問題都有他們的答案。而眾多答案中的其中一種，是認為香港社會處於撕裂的狀態，所以支持特區政府的人士譴責群眾的暴力行動，而反對政府的則譴責政府高壓、警

察開槍。在一個撕裂的社會裡，意見也各走極端。這樣的觀察當然重要，但卻似乎未夠全面。對此我們應有系統的進行分析。

關於社會的回應，我們可以分開幾個不同的層次來討論。首先，我們即時會想到的，是政治圈內不同勢力、派系的反應。「建制派」的回應大致上是不難預測的，在未來的日子裡，相信他們仍會繼續，陸陸續續發表聲明譴責暴力或到警署打氣支持警隊，作為表態的方式。值得注意的不是他們做了些甚麼，而是要留意為何他們的行動力度不大，投入相當有限。理論上這次暴力衝突事件是很好的題材，大可有一番發揮。但目前所見，力度是較預期中的低。

第二，是「泛民」及其他活躍於社會運動的社會力量的反應。這是一個很重要和有趣的課題，大可成為論文題目。先談「泛民」政黨中的民主黨、公民黨，又或者還可以包括民協、工黨。近年他們一直被（廣義的）激進一翼牽著鼻子走，而這個現象不能只以他們的領袖欠缺政治家風範、勇氣之類的批評而解釋過去。以今次事件為例，這些中游「泛民」明明不認同「動武派」的行動及作風，但卻一直不敢明言；難得警權問題可以成為一個可以發揮的議題，也只是尷尷尬尬的顧左右而言他，擺出一個不滿梁振英政府的姿態，避開直接談論旺角暴力衝突事件背後的主張和策略。他們之所以要這樣做，並非因為想親近「動武派」（他們清楚明白這只會自討苦吃），而是害怕完全失去青年群眾（包括積極參與人士和一般的「花生友」）。他們明白在青年群眾的輿論圈子裡，不做「敵人的敵人」（即必須站在梁振英政府的對立面），便一定會受到圍攻。他們近年在政改、「佔領運動」等議題上吃盡苦頭，以至不敢輕舉妄動。直接的說，他們怕得失一些不知如何討好的群眾。而到了今天，他們不

但不敢理直氣壯的提出所謂的「和理非」路線，現在甚至是越過了底線，仍不敢多說一句話。在中游「泛民」政黨的想像之中，「動武派」的行動、話語有一定的市場，而正由於這樣，他們甘於躲在勇武的大旗後面，以免成為眾矢之的。

以上的情況的確有點搞笑，因為無論中流「泛民」政黨如何努力討好各方各界，在「動武派」面前，他們永遠是「和理非非」，是年輕人——尤其是那些已失去耐性的一群——挖苦的對象。當被問到如何理解暴力衝突時，他們一定吞吞吐吐，而「動武派」對這個弱點看得很準，就算中流「泛民」嘗試「包容」一點（即對暴力行為不直接表態），結果亦一樣會被矮化（因為中流「泛民」根本就不會參與其中）。事實上，中流「泛民」不索性割蓆的話，是死路一條——既無法討好年輕人，同時又流失溫和民主取向的支持者。儘管如此，他們還是左閃右避。

有趣的是，差不多同樣的情況也出現於其他社會運動派系之上。所謂「本土派」，是一個眾數，並非只得一家。但所有「本土派」都有共同的弱點，就是太重視政治正確性，要顯示出不畏強權、敢於爭取公義、敢向北京說不。這樣的話，只要有人施展一招「制空權」（即搶奪最能引來支持群眾讚好的政治位置，而這通常是道德高地或最激烈的抗爭手段），其他人便不敢不靠過來一下。於是，「動武派」看準這一點，由原來經常依靠其他組織來「搭台」，而他們則借題發揮的狀態，轉變為他們以行動的形式來牽引著其他組織，就算後者並不同意其主張（如果真的有具體的主張的話），亦不會表示異議，有的甚至自動歸隊。

在這樣的情況下，儘管「動武派」所宣揚的暴力革命在內容上相當空洞，其他不完全是同一路線的社運團體，亦只有乖乖的尾隨其後。而更有趣的是，「泛民」、社運界、學生組織、其他「本土派」並不會在這一種新的運作方式底下而變得更團結。過去幾年香港的社運界別中的一項特色，是內部分化日趨嚴重，而不是走向團結（甚至連走向團結的條件亦相當缺乏）。團體、派系之間在爭取「制空權」、話語權的競爭，令彼此之間不斷互相矮化對方——衝動的、轟烈的行動形式作為政治正確性的指標，較諸其他任何政治元素都更為重要，而愈能觸動特區政府的神經者，愈有條件取得主導運動的話語權。於是，誰更堅持？誰敢犯禁？誰敢挑戰底線？這些口號變得十分重要，甚至較諸綱領、策略都來得重要。而我們經常可以見到，在內容空洞的情況下，行動的形式變為衡量政治正確的最重要指標。於是，現在是身體帶動腦袋，誰敢跑得最前，便能牽著其他山頭、派系。

或者讀者會問：以上所講的只跟社會運動、參與政治的圈子有關，與社會上的回響有何關係？上面所討論的情況，背後是一種頗值得探討的心理，這就是在目前香港社會裡，至少在大部分年輕人（我的觀察是年齡在三十五歲以下）圈子，誰跟梁振英政府同一陣線，一定是負分，至於屬現屆政府的對立面，則有可能屬不同高低的分數。這是廣泛社會大眾層次上的情況，而正因為存在這種大眾情緒，我們才能理解為何上面所指出在政黨、社會運動等不同範圍的活躍分子，會作出種種自相矛盾、不易理解的行為。中流「泛民」害怕的不是「動武派」（反正早已不是同一陣線，後者專以拖前者後腿而建立聲望和爭取支持者，而前者對此亦心裡有數），而是背後

支持或接受後者的行動、手段、論述的（隱形）群眾。而社運界的不同派系，同樣擔心會因在言論上不靠近一下，便會被貼上標籤，再難介入那個圈子。在過去五年左右的時間裡（我的看法是在2010年前後），這種情緒慢慢累積、結集起來，而（其無形的）影響力逐年遞增。

所以，儘管爆發了旺角暴力衝突事件，預期中市民對梁振英政府的同情分會有所增加的情況未有出現，而全民聲討暴力的場面也未有在社會上形成。以當晚事態之嚴重，社會是應該會出現反彈的，但結果又並非如此。香港目前這個社會狀況，確實相當古怪。這是一種政治疏離的狀態，現屆特區政府似乎完全沒有辦法將市民大眾和坊間的輿論拉近過來，反對力量就不用多說了，就連「建制派」也會小心翼翼、很謹慎的作出有限度支持。究竟誰是誰非，暫且不談，但從香港社會發展的角度來看，則在這次旺角暴力衝突事件後，我看不到現屆特區政府可以擔起推動社會重建的角色。若由他們來牽頭，很多人——尤其是年輕人——便會走到對面，令重建規範、秩序倍加困難。但這項重建工程是當前香港最為重要的事情。或者在現屆特區政府缺席的情況下，香港社會和香港人更有辦法去做好事後的工作。

| 後記 |

歷史，沒有如果。

現實生活裡，也沒有早知如此。

事情的發生，總有它的——通常是不止一個——的原因。凡事都不會無緣無故。只是在事情發生之前，大家不會覺得怎樣。而在發生之後，才恍然大悟這可大可小。歷史上，這樣的情況屢見不鮮，但後知後覺總是比較先知先覺來得容易。

或者，也就是這個原因，有人認為多讀一點歷史，會比較好。不過，在我看來，這種意見的意思，應該是我們需要有一點歷史意識：人創造歷史，但是在特定的環境和條件底下，不可能完全隨心所欲，為所欲為，而是在既存的環境裡，找尋發展新的可能性的空間。這要求我們要有耐性，但不容易做得到。

在過去二十年裡，香港社會經歷了如坐過山車一樣的轉變，起起落落，急轉彎之後再來一個急轉彎。而事情的結果實非大多數人在十年、二十年前所能預見。當然，我明白，總有些人會補上一句，早

在四十年前便說過，矛盾、衝突無可避免。但這樣的所謂預言，基本上無助於處理和解決一個社會在發展過程中出現的種種問題。

這是人的認知的局限。我們不可能一早便準確地預見到將會出現的問題。如果社會分析有任何參考作用，那主要是洞悉社會的發展趨勢，早一點有所準備。而更重要的是，在事後我們又能早一點收拾心情，重新出發。這個重新出發，其實很重要，可是知易行難。

在世代的問題上，我的愚見是我們錯過了溝通、通話、瞭解，再而相互之間建立同理心的機會。由2004到2019年，其實是十五個年頭，這說長不算很長，但說短又的確不算短呀！在十五年的時間裡竟沒有認識問題、面對問題、處理問題，香港的每一個人都有責任。再說這是你的錯，那是他的問題，不單只無補於事，更是不能幫助我們更早重新出發。

從這個角度來看，討論世代不是來到一個終結，反而是要認真地開始。